Proyecto elevación

Si este libro le ha interesado y desea que lo mantengamos informado de nuestras publicaciones, escríbanos indicándonos qué temas son de su interés (Astrología, Autoayuda, Naturismo, Nuevas terapias, Espiritualidad, Tradición, Qigong, PNL, Psicología práctica, Tarot...) y gustosamente lo complaceremos.

Puede contactar con nosotros en
comunicacion@editorialsirio.com

Diseño de portada: Editorial Sirio, S.A.

©   de la edición original
Enrique Barrios

www.ebarrios.com

©   de la presente edición

EDITORIAL SIRIO, S.A.	**EDITORIAL SIRIO**	**ED. SIRIO ARGENTINA**
C/ Panaderos, 14	Nirvana Libros S.A. de C.V.	C/ Paracas 59
29005-Málaga	Camino a Minas, 501	1275- Capital Federal
España	Bodega nº 8 , Col. Arvide	Buenos Aires
	Del.: Alvaro Obregón	(Argentina)
	México D.F., 01280	

www.editorialsirio.com
E-Mail: sirio@editorialsirio.com

I.S.B.N.: 978-84-7808-614-6
Depósito Legal: NA-1199-2009

Impreso en Rodesa

Printed in Spain

Enrique Barrios

Proyecto elevación

editorial Sirio, s.a.

Nota del autor

A diferencia de las obras anteriores del autor, en ésta se hacen alusiones claras a la sexualidad que podrían ofender a menores.

Para ayudar a dar consistencia al relato, todos los términos que aluden a sistemas de satélites son reales, de acuerdo con investigaciones del autor. Lo mismo sucede con respecto a grados y bases militares de los Estados Unidos; coordenadas geográficas, entidades, leyes, cargos y funciones gubernamentales de este país y de Inglaterra.

Asimismo, las rutas o carreteras señaladas existen realmente y conducen a los puntos indicados, aproximadamente en los tiempos descritos en el relato.

Las alusiones a la posible participación de ciertas autoridades y bases militares en la investigación ovni son consecuentes con aquello que es vox pópuli dentro de la temática, sea esto una realidad o no.

Enrique Barrios
España, 2004

Capítulo 1

Recuerdos de alquitrán

Su vocación comenzó cuando era un niño, con el sobrecogedor Gran Cañón del Colorado como telón de fondo, en aquel paseo que el orfanato les organizó.

La sensibilidad del pequeño fue estremecida de raíz por la majestuosidad del escenario que el laborioso río fue minuciosa y pacientemente excavando durante miles de milenios. Allí decidió que sería fotógrafo naturalista cuando fuese mayor, como una forma de ayudarse a conservar en su retina y a compartir con otros las bendiciones de la buena y noble Madre Tierra, como la llamaba su mejor amigo en el orfanato, a quien todos denominaban Alquitrán.

Jim Coyote vino al mundo como producto de una violación. Madre india navajo y padre negro.

Gregory recordó los consejos de aquel muchacho de piel oscura a quien, más que amigo, consideraba como su guía, su mentor, su maestro:

—La vida es corta, Greg, y debemos vivirla a fondo, debemos recorrerla como si cada momento fuese el último, porque puede serlo en realidad. La vida hay que beberla como se bebe el agua cuando estás muerto de sed. La vida es mujer, Greg, y las mujeres aman a aquellos que son osados. La vida y las mujeres desprecian a los cobardes y aman a quienes no temen perderla y se la juegan, y la disfrutan, y la violan en una esquina, como mi padre violó a mi madre. Yo la escuché decir a una amiga que en ese acto ella sintió que era amada como jamás lo fue, Greg, y que recordar aquel suceso que me dio la vida la reconciliaba con el amor, porque ese hombre se tomó un año entero observándola, siguiéndola, preparando el hecho, y ella se dejaba acechar y esperaba con ansias el momento del encuentro. Él sabía que se estaba jugando la vida allí, que podía terminar en la silla eléctrica, tan alto precio estaba dispuesto a pagar. ¿No es eso amor?

Gregory sólo entendía que Alquitrán había sido más afortunado que él mismo, porque al menos pudo conocer a su madre.

—Ella no ignoraba los peligros a los que él se iba a exponer, y valoraba y agradecía tanto esmero, porque desde niña sólo había recibido humillación y desprecio, y ahora el destino ponía en su camino a alguien dispuesto a entregar el alma por un momento de su amor; por eso fue mi madre quien más trató de defenderlo en el juicio, porque lo amó igual como él a ella. Pero no sirvió de nada y lo ejecutaron. No le hicieron caso cuando en su defensa alegó que aquello no había sido violación, sino un encuentro de amor planificado mutuamente. No pudieron ver el lado sublime del asunto porque ella era una miserable india navajo que no sabía lo que decía, según el inteligente fiscal, el jurado y el juez, y porque mi padre era un maldito negro. Y a la gente le gusta encontrar una buena razón para eliminar a los piojosos, a las razas inferiores. Para ellos no somos gente de verdad sino errores naturales, Greg. Por eso me llaman Alquitrán, porque dicen que soy oscuro y feo, medio indio y medio negro, una aberración, menos que un mono; porque la gente le puede tomar cariño a un mono, pero a seres como yo no. Pero estoy más vivo que ellos, que mueren en vida, presos de prejuicios, odios y temores.

Greg recordó que eso era verdad, que nadie en el orfanato disfrutaba la vida como su querido maestro. Al menor son musical salía alegremente a bailar y lo hacía como si estuviese comunicándose con los ángeles mientras danzaba, y ninguno agradecía y disfrutaba tanto como él del sol en su piel, ni del aire que respiraba, ni de la asquerosa comida del orfanato, ni de los paseos. Y si alguien necesitaba ayuda, Alquitrán era el primero en asistirlo, aunque pudiera costarle la vida, como cuando se arrojó a las aguas turbulentas para rescatar al compañero que la corriente se iba llevando, y logró salvarlo, pero aquello le costó una pierna quebrada y esa fea cicatriz que habría de llevar de por vida en la frente, y que él exhibía con orgullo, llamándola «la marca de la estupidez», riendo jocosamente.

Cuando los llevaron al Gran Cañón, sólo él pareció entrar en ruidoso éxtasis ante esa estremecedora magnificencia. Y así le comunicó a Greg que lo que estaban observando tenía algo de sagrado, y él lo captó, y basado en lo que vislumbró ese día decidió dedicarse a fotografiar la naturaleza cuando fuese mayor.

Alquitrán en cambio eligió hacerse ladrón, tal vez porque al salir del orfanato, sólo en el área delictiva encontró fraternidad y ausencia de desprecio, entre seres marcados por un destino tan castigado como el suyo.

Pero Greg pensó siempre que si eligió la senda del delito fue por desafío, por violar varonilmente a la vida, igual que su padre a su madre, e igual que la vida a ambos, y a Alquitrán, y también a él mismo.

Su recordado maestro murió abatido por las balas en su primer asalto a un supermercado, cuando sólo tenía diecisiete años.

Lo lloró durante una semana, y ahora, una década después, todavía lo lloraba en secreto algunas noches. Gracias a él aprendió a tomar la vida de la cintura y acariciarle descaradamente sus pechos sin pensar en nada más, a vida o muerte.

Capítulo 2

Accidente en
el bosque

Segunda mitad del siglo XX.
Mes de junio, EE. UU., Colorado.

Cuando los últimos arreboles del ocaso se habían esfumado en el poniente, una luz rasgó el cielo del bosque. Greg creyó al principio que se trataba de un aerolito, pero descartó la idea cuando vio que eso venía cayendo de una forma inusitada, con súbitos pero inútiles intentos de cambio de dirección, como a jalones, como si tratara de evitar su precipitación a tierra.

Detuvo el automóvil para observar mejor el fenómeno.

«Allí no sólo está la atracción terrestre —se dijo—. Es como si otra fuerza, tal vez propia, intentara evitar la caída, pero se ve que no puede lograrlo. Se va a estrellar irremediablemente.»

Por una fracción de segundo vislumbró la silueta de los pinos recortados frente a la zigzagueante luz azul que se venía a tierra, y luego la temprana noche se encendió de naranja y rojo, y encima llegó el pavoroso estruendo.

Unas lejanas llamas detrás del follaje indicaban poco después el punto del impacto, a unos quinientos metros de distancia.

El barranco a un costado y el arroyo abajo le impedirían acercarse a pie, pero aquel fotógrafo naturalista se había pasado la vida por cada rincón de aquellos parajes a la caza de sus bellezas más ocultas, era un conocedor de la solitaria zona. Con un solo movimiento del volante realizó un cambio de sentido de ciento ochenta grados y aceleró a fondo durante un par de minutos. Su corazón estaba agitado; tal vez hubiese alguien allí necesitado de ayuda.

Al llegar a una intersección lateral se internó por un camino de tierra que descendía serpenteando hacia el arroyo. Lo cruzó por un precario puente y luego dobló hacia la izquierda. Allí delante, a lo lejos, se divisaban todavía algunas llamas, pero más atenuadas ahora. Se aproximó al lugar dejando una nube de polvo en la noche. Cuando llegó lo suficientemente cerca, y sin necesidad de abandonar el camino de tierra, constató que lo que había caído era una brillante estructura metálica, circular y plana, de unos quince metros de diámetro. Estaba semiincrustada en el terreno, casi de canto, quebrada en varias partes e incendiándose en diversos sectores.

No era idiota; supo que si aquello no era una nave espacial extraterrestre, entonces sería algún modelo experimental ultrasecreto de las fuerzas armadas, y dada la cercanía de la base de Fort Carson y los rumores que circulaban acerca de las extrañas investigaciones que se realizaban allí, lo último le pareció lo más probable.

Consideró que si alguien tripulaba aquel vehículo no podría haber quedado con vida después de tan tremendo impacto.

Sintió cierta inquietud ante la posibilidad de verse involucrado en algo transcendente para los servicios de seguridad del país, del planeta tal vez, y decidió alejarse de forma inmediata. Cuando iba a hacerlo, le pareció percibir un crujido y un balanceo en aquella estructura plateada. Se detuvo a observar y vio que estaba por desplomarse. Lentamente fue perdiendo la verticalidad hasta que se derrumbó ruidosamente, quedando una especie de cúpula central sobre el terreno, aplastada por el peso de la nave. Greg pensó que aquello, fuese lo que fuese, había quedado al revés, pero no hubiera podido jurarlo.

Entonces se desató el infierno. Estridentes sirenas y ruidos de aspas le indicaron que se aproximaba al lugar una furiosa jauría de balizas, radio patrullas, helicópteros y reflectores.

Capítulo 3

❖ **Robb** ❖

Frente a un impresionante tablero de comandos, lleno de botones, palancas, indicadores digitales, luces y monitores, un hombre joven de cabeza calva, bigotes espesos y arete de oro en la oreja izquierda comandaba la operación. Usaba lentes oscuros, impecable y costoso traje negro y una corbata de marca. Tenía puestos unos auriculares para un solo oído con micrófono incorporado, ya que necesitaba el otro para escuchar a los subalternos que le rodeaban y también para utilizar un radio comunicador *handy* o un teléfono móvil, de acuerdo con las necesidades de aquellos momentos de gran intensidad y alboroto.

Su máxima atención estaba puesta en una pantalla que mostraba mapas digitales de la zona del accidente.

En su habitual estilo grosero y áspero, dio una orden por un radio comunicador:

—¡WOODS, HAZ QUE TUS MUÑECOS BLOQUEEN INMEDIATA-MENTE TODOS LOS ACCESOS A ESA MALDITA ZONA. QUE NADIE PUE-DA ENTRAR, Y QUE TODO AQUEL QUE TRATE DE LLEGAR DESDE ALLÍ A LAS RUTAS 70 O 25 SEA REVISADO HASTA LOS TESTÍCULOS!

—Recibido, señor Robb.

Por el micrófono que pendía frente a su boca dio otra instrucción:

—CHESTER, LLAMA A TUS SAPOS Y DILES QUE ENFOQUEN HACIA ESA ÁREA ALGÚN CONDENADO SATÉLITE DE TECNOLOGÍA VEGA Y LA MANTENGAN BAJO ESCANEO CONSTANTE. ¡QUIERO RESOLUCIÓN MÁXIMA, KH-14!

—Negativo, señor Robb, la central Apalache nos informó que no tiene ningún Vega disponible para esa área dentro de las próximas horas.

—¡MALDICIÓN! ¿PARA QUÉ CARAJOS LES PAGAMOS A ESOS FRA-CASADOS? ¿NO HAY NADA CON UNA RESOLUCIÓN K-11 SIQUIERA?

—Negativo, señor. Sólo podemos utilizar algún satélite del sistema Corona, un Argon o un Lanyard.

—¡CORONA!... ESA BASURA... ¿QUÉ RESOLUCIÓN ALCANZAN ESOS VEJESTORIOS?

—KH-4 y KH-4B, señor.

—¡DEMONIOS! NO ES PARA DETECTAR UNA BASE DE MISILES EN IRAK, SINO ALGO DEL TAMAÑO DE UNA PERSONA, CHESTER. ¡QUE SE METAN ESOS OXIDADOS CORONA DONDE MEJOR LES QUEPAN Y SE AGARREN UN BUEN TÉTANOS!

Aquel hombre podía cambiar en una fracción de segundo de una ira incontenible y un lenguaje vulgar a una amabilidad casi dulzona, y viceversa.

Por otro micrófono se dirigió a un alto oficial de la fuerza aérea:

—Mi querido general Stemberg, por favor envíe una cua-drilla de sus aviones de reconocimiento equipados con infrarrojos y póngalos a cuadricular la zona, que realicen un rastreo intenso grabando cada milímetro de terreno. ¡QUIERO QUE TODO LO QUE TENGA VIDA Y SE MUEVA EN UN ÁREA DE DIEZ KILÓMETROS A LA REDONDA QUEDE REGISTRADO, DESDE UN HIJO DE PERRA CONEJO HASTA UN MAL PARIDO ALIENÍGENA!

—Recibido, señor Robb.

Un subalterno se le acercó con un teléfono móvil en la mano.

—El presidente de la nación desea hablar con usted, señor Robb. –Le extendió el aparato con respeto y temor. Sabía que estaba ante el hombre más poderoso del mundo en esos momentos y que, al mismo tiempo, muy pocos le conocían; eso le hacía más temible.

—Que tal, presi, ¿contento?

—No puedo menos que felicitarle, Robb. Por primera vez en la historia logramos derribar a un piojoso ovni.

El hombre del arete, en medio de una risa explosiva, dijo:

—Para que su majestad real vaya teniendo una idea acerca del grado de tecnología que sus servicios de inteligencia han alcanzado. ¡LES VAMOS A VOLAR EL TRASERO A ESOS MARCIANOS VERDES!

Capítulo 4

Encuentro en
las sombras

Instintivamente, Greg apagó las luces de su automóvil. Por el espejo retrovisor lateral pudo ver helicópteros acercándose, rastreando la zona con potentes reflectores; también vehículos con balizas de *flashes* intermitentes allí arriba, en la carretera. Algunos ya descendían por el sendero de tierra. Miró hacia atrás sacando la cabeza por la ventanilla y vio radio patrullas o algo semejante a punto de cruzar por encima el puente del arroyo.

Supo que el brazo fuerte del gobierno se había hecho presente con su más sofisticado arsenal tecnológico, y como eso significaba problemas, decidió perderse de vista cuanto antes. Él era un alma demasiado libre como para tener que perder tiempo testificando en alguna investigación o juicio.

Una débil luna le permitiría adivinar los límites de aquel camino rural sin necesidad de encender las luces hasta que se encontrase lejos; el resto lo haría su propio conocimiento de la zona. Avanzaría hasta el rancho de Mac Bain, le contaría lo sucedido y se quedaría allí, y después, cuando llegase la autoridad, "yo no he visto nada», naturalmente.

Justo cuando iba a poner en marcha su automóvil vio algo que le heló la sangre: pegado a su ventanilla derecha estaba observándole el ser más espantoso del mundo. No quiso mirar más e intentó salir huyendo, pero una punzada en el pecho le indicó que si lo hacía estaría cometiendo alguna especie de sacrilegio.

Hizo un esfuerzo supremo y volvió a mirar hacia la aparición. Observó petrificado esos impresionantes ojos que parecían irradiar una angustiosa luz. Las radio patrullas y helicópteros se acercaban cada vez más; fue entonces cuando comprendió que aquella criatura le pedía ayuda desde lo más profundo de su alma. También pudo imaginar que si él no se la prestaba, el destino de aquel infeliz ser no iba a resultar nada placentero. La desesperación con la que le pedía socorro a través de esa muda pero elocuente mirada le indicó que el dueño de esos ojos llenos de agobio tenía sentimientos, y también una historia, una familia seguramente; extraña y lejana tal vez, pero serían sus seres amados a fin de cuentas, y a Greg jamás le gustó jugar el papel de canalla en la vida.

No le cupo la menor duda de estar ante una entidad de otro mundo, pero al mismo tiempo se le hizo claro algo que antes él no sabía.

«*Si ves sufrir a un oso —pensó—, a un tigre o a cualquier bicho, algo te duele a ti mismo. Ahora comprendo que si el bicho es de más lejos, también te duele. Muy extraterrestre será, pero en el fondo, no es más que un ser parecido a mí mismo, con idénticos temores y ganas de seguir viviendo.*»

Los helicópteros y patrullas estaban casi encima ya.

Decidió jugársela sin pensar más, tal como le había enseñado a hacer Alquitrán, su maestro de la infancia, igual como se la jugó su amigo, el viejo Joe, en Vietnam, primero cuando participó en el pelotón de fusilamiento y disparó hacia el aire y no hacia el condenado, y después cuando descubrió a aquel soldado enemigo, casi un niño, desarmado, temblando de miedo y muerto de sed, escondido bajo el follaje. En esos ojos rasgados vio Joe el mayor clamor de misericordia de toda su vida.

Como ningún compañero le miraba, y arriesgándose a una inesperada reacción agresiva de parte del muchacho, experto en artes marciales con toda seguridad, puso entre sus manos su propia cantimplora y le ordenó alejarse, exponiéndose también a ser fusilado por traición a la patria. Pero no pudo hacer otra cosa. Su amigo Joe era así. Alguno le podría llamar traidor o cobarde, pero en su corazón, Greg sabía que, desde un punto de vista más elevado, era todo lo contrario.

El viejo le relató la historia tantas veces, y de una forma tan vívida, que Greg la incorporó a su alma, a sus moléculas, le parecía haberla experimentado él mismo. Sin ella, tal vez ahora no hubiera reconocido el clamor de piedad en esa criatura, extraña, pero a la vez cercana de alguna manera.

Igual que Joe antes, debió vencer su propio temor ante la posible reacción hostil de su defendido, y también de las fuerzas de seguridad de su país. La misma historia, pero en otro contexto.

Extendió el brazo, quitó el seguro y abrió la puerta. El ser se introdujo velozmente, cerró y desfalleció sobre el asiento. Greg comprendió que estaba herido y débil, y se sintió más tranquilo.

Puso en marcha el automóvil, felicitándose por haber elegido uno de color azul oscuro en lugar de blanco cuando lo compró.

En pocos minutos se encontraba lejos del lugar del accidente.

Su desvanecido pasajero respiraba de forma agónica. Greg se sintió impotente; hubiera deseado ser médico para socorrerlo, y de pronto vio que pensar eso era una idiotez, porque los médicos sólo conocen modelos humanos, terrestres... ¿O no sería tan diferente después de todo?

Cuando llegó frente a la entrada del rancho de Mac Bain, se puso en la realidad, allí se le hizo claro que su protegido no estaría a salvo en la casa de aquel campesino tosco y lleno de temores y supersticiones, y tan defensor de su patria que en aquel ser desfalleciente sólo iba a ver una amenaza a su nación. Llamaría a la policía en primer lugar, si es que antes no liquidaba él mismo a su defendido con su rifle.

Decidió continuar avanzando hacia el norte hasta llegar a la ruta interestatal 70. Luego emprendería la marcha hacia el este, y un poco antes de Denver saldría hacia el sur para alcanzar la 470 y llegar a su cabaña.

Más adelante consideró que ahora que estaba suficientemente lejos podría encender las luces del automóvil. Cuando iba a hacerlo divisó las balizas de varias patrullas acercándose allí adelante. No lo pensó dos veces, sacó el vehículo del camino y lo ocultó entre unos matorrales. No necesitó frenar, porque una invisible roca o muñón de árbol detuvo su marcha, pero también rompió su faro delantero derecho y abolló seriamente el vehículo.

Las patrullas pasaron veloces dejando una nube de polvo y se perdieron en la distancia.

Rogó a la vida que el pequeño choque no hubiese roto el radiador o causado algún problema en el tren delantero. Encendió el motor. Todo andaba aparentemente bien. Retrocedió hasta el camino, hizo las maniobras necesarias para retomar su rumbo y el automóvil respondió con normalidad. Se relajó.

Decidió continuar avanzando con las luces apagadas, era más prudente.

Divisó la llegada de unos aviones que comenzaron a sobrevolar la zona. Supo que podrían detectarlo con sus instrumentos de avanzada, pero él no podía hacer nada al respecto.

Hubiera pensado que un ser de otro mundo tendría que oler de manera desagradable para un olfato terrestre, pero su desvanecido huésped más bien parecía perfumar su vehículo con un aroma bastante grato, aunque indefinible. No podía observarlo porque estaba demasiado oscuro y porque además tenía que ir pendiente de la apenas perceptible ruta, pero cuando la luna obsequiaba alguna claridad y el camino lo permitía, le echaba un vistazo. Así pudo adivinar que carecía de pelo. Tenía contextura delgada y un tamaño menor al suyo propio. La mano izquierda, cerca de la palanca de cambios, le pareció perfectamente humana y bien formada, aunque más pequeña y fina, casi como la de un adolescente.

Consideró que debería palparlo para asegurarse de que no portase armas u objetos contundentes. Puso la mano tímidamente sobre el costado izquierdo del alienígena, a la altura de lo que sería el bolsillo del pantalón. Al sentir aquella carne tibia, turgente, suave e inesperadamente curvilínea, experimentó algo que no se esperaba y retiró la mano de inmediato.

Casi pierde el control del automóvil.

Se maldijo a sí mismo. Jamás en la vida había tenido ninguna clase de impulso o fantasía fuera de lo común en aquel terreno, y ahora se le cruzó esa extraña sensación... con un pobre tipo enfermo... y de otro mundo... y en medio de una tensa escapatoria...

Cuando consideraba seriamente la idea de suicidarse, por anormal, sintió la fuerza de una mirada. Al volver la cabeza hacia el pasajero presintió de nuevo aquellos ojos radiantes mirándole, y le pareció percibir una corriente de simpatía en ellos.

Entonces escuchó algo que no se esperaba:

—Gra...cias.

Se le erizó el cabello, se salió del camino y tuvo que frenar.

—¿Sabes... sabes hablar inglés?

Esta vez fue el extraterrestre quien puso con afecto su mano sobre el brazo de Greg. El contacto con aquella carne tibia le produjo una sensación insólita, como si un torrente de energía efervescente le recorriera todo el cuerpo, como un cosquilleo eléctrico en la sangre.

Retiró el brazo indignado consigo mismo.

—¿Por... qué me... rechazas? –preguntó con voz casi lastimera el ser de otro mundo.

Ahora, al escuchar con más claridad aquella fina, aunque débil voz, tuvo la impresión de que su pasajero no era un varón, sino una hembra.

Sin echar a andar aún el automóvil, y pensando que el extraterrestre hablaría sólo rudimentos de inglés, utilizó la forma de expresarse que empleaba para dirigirse a los trabajadores mexicanos de la zona:

—Este mundo... dos sexos... Hombre, mujer. Yo, hombre. ¿Mundo tuyo sexos cuántos?...

El alienígena comprendió de inmediato y respondió:

—En mi mundo... también hay dos sexos, y yo... soy una... mujer –aclaró, con debilidad aún, pero comenzando a reponerse.

Greg suspiró con alivio. Su masculinidad estaba incólume, pero no así su integridad sexual, gracias a su recién descubierta desviación, su «alienofilia».

Echó a andar el automóvil sumido en una vorágine de pensamientos y sentimientos encontrados. Después le preguntó:

—¿Tú estar herida?

—Puedes hablar normalmente. Estoy reponiéndome... gracias... Estaré... bien —aclaró, en un inglés impecable.

El hombre se sintió mucho mejor, pero no le era fácil habituarse a la idea de que alguien que venía de otro mundo comprendiese y hablase tan bien su idioma, y con un perfecto acento norteamericano además.

—¿Venir...? Perdón... ¿Venían otros... seres?... Perdón... ¿Venían otras... personas... contigo en la nave?

—No... Yo venía sola... Muchas gracias por... salvarme... la vida.

La agradecida emoción en la voz de la extraña pasajera hizo a Greg preferir tomarse un poco a broma el asunto.

—No es nada. Siempre llevo a quienes me piden un autoestop... —dijo sonriendo. Ella profirió un débil sonido. Él lo interpretó como una especie de risita y se sorprendió. Pensó unos instantes y enseguida se atrevió a preguntar:

—¿Te hizo gracia lo que dije o fue idea mía?

—Era... simpático.

Quedó confundido. Humor y extraterrestres eran dos cosas que en su mente habían sido siempre incompatibles.

—¿Ustedes tienen sentido... del humor?...

Ella recuperaba el ánimo.

—No somos tan... diferentes...

Se sintió mucho más en confianza y se entregó a esa corriente de simpatía mutua que comenzaba a envolverlos.

Avanzaron un trecho en silencio. Él hubiera querido preguntarle mil cosas, pero no quiso cansar a su pasajera. «*Que guarde fuerzas para reponerse*», pensó. Mucho más adelante, ella dijo:

—Tuve mucha suerte de encontrarme con un hombre bueno... y valeroso.

Él agradeció que estuviese oscuro, porque se le encendió el rostro. No se movía bien en el terreno emocional, y si no se refugiaba en el humor, siempre corría el riesgo de mostrar una indeseada lágrima o un inmanejable quiebre de voz.

Esperó que sus emociones estuviesen en su lugar, es decir, bajo control, y manifestó:

—Ni tan bueno ni tan valeroso. Pagan cien dólares de recompensa por cada alienígena...

Ella comprendió la broma y volvió a manifestar aquel débil sonido.

Comenzaba a caerle bien su extraña acompañante, pero había tantas cosas que él no comprendía...

—¿Cómo pudiste sobrevivir a un accidente tan tremendo?

—Tuve tiempo para activar... sistemas de protección... contra impactos. Y tuve suerte, aunque quedé... muy mal.

—Pero te repones con una rapidez asombrosa...

—Nosotros hemos aprendido a... regenerarnos muy rápido. En pocos minutos estaré... completamente sana de nuevo.

—¿Completamente?

—Sí.

Se tranquilizó de forma definitiva.

—Me alegro mucho.

—Gracias.

Comprendió que ya podría ir tocando temas un tanto más densos.

—Así que venías sola... Entonces nuestros amigos del gobierno van a andar como avispas inquietas cuando no encuentren ningún cuerpecito que estudiar, porque comprenderán que la presa debe de andar «por ahí»... Debemos alejarnos mucho más de este lugar.

La extraterrestre recobraba fuerzas segundo a segundo. Se incorporó, sentándose de forma normal ahora.

—Tienes razón... pero no te inquietes demasiado... Les va a llevar unas horas el examen... de los restos... hasta que descubran que no hay... ningún cuerpo.

Avanzaron un buen trecho en silencio. Después el hombre preguntó:

—¿Cómo es que hablas inglés tan bien?

—Me preparé antes de venir...; estudié...

—¿Cómo te llamas?

—Iara.

—Iara... Extraño nombre, exótico... Me agrada.

—Gracias. ¿Y tú?

—Gregory, pero llámame Greg.

—Greg... Me gusta.

—Muchas gracias.

—El sonido *greg* en mi idioma significa «paz»... —explicó ella, y él nuevamente sintió esa energía semejante a la atracción que produce el magnetismo del amor, ahora sin necesidad de roce alguno, e inmediatamente tuvo una imagen de sí mismo parecida a la de un pervertido, y no le gustó.

Decidió explorar con prudencia a la extraterrestre para intentar aclarar sus dudas con respecto a lo que le había sucedido al tocarla, y en ese mismo momento, esa especie de turbulencia emocional. Tragó saliva antes de hablar, porque para él, ése no era un tema sencillo, nunca lo fue, y mucho menos en esas circunstancias interplanetarias. Por fin se atrevió a decir:

—¿Sabes qué?

—No.

—Cuando rocé tu cuerpo sentí algo muy extraño...

Ella se tomó algunos instantes antes de decir:

—Nuestras energías son... compatibles... mucho. Yo sentí lo mismo. Eso me hizo... recuperar el conocimiento. Y ahora siento... igual que tú...

Otra vez se le encendió el rostro, pero quiso saber si estaban refiriéndose al mismo asunto.

—¿Qué sientes?

—Una fuerte atracción... física... y afectiva.

Él tuvo que esperar un poco hasta serenarse antes de hacer cualquier comentario. Por fin expresó:

—Pero eso no es normal, Iara; pertenecemos a dos especies diferentes...

—No dos especies... Dos etnias...

—¿Dos etnias? Pero ¿cómo puede ser eso? Tú vienes de otro mundo...

Ella no hizo ningún comentario. Greg comprendió que estaba fatigada y no quiso molestarla más.

No podía ver rasgo facial alguno en la mujer, pero sí podía distinguir o intuir la fuerza de su mirada, o tal vez era algo que emanaba de su cuerpo, no lo sabía; pero fuera lo que fuese, aquello le producía algo tan especial... Tuvo que hacer un gran esfuerzo para concentrarse en el camino y pensar en otra cosa.

Tras una suave pendiente apareció por fin la ruta interestatal 25, y también varios automóviles de la policía instalados a la entrada del acceso.

Se detuvo de inmediato.

—Problemas...

—¿Crees que nos hayan visto? –preguntó ella.

—No me parece... Venía con las luces apagadas...

Pero sí que los habían detectado. Algunos reflectores comenzaron a enfocarlos desde la distancia.

Greg tomó una decisión inmediata.

—Iremos a campo traviesa cruzando ese trigal que está detrás de la alambrada a la derecha. Si tenemos suerte y no chocamos con nada mientras vamos avanzando por entre esas espigas, pronto llegaremos nuevamente a esa ruta y podremos entrar en ella. Vamos. Cerremos todas las ventanas.

—Está bien.

Antes de lanzarse contra la alambrada de aquel terreno, le preguntó:

—¿Eres del tipo miedosa?

—No. Si lo fuera no me habrían aceptado para este trabajo.

Allí, él pensó que ella sería algo así como una espía de otro mundo.

—¿Ustedes piensan invadir la Tierra?

Iara emitió de nuevo esa especie de risita.

—No, no. Mi labor tiene que ver con... asuntos científicos.

Él sintió que le decía la verdad.

—Perfecto entonces. Yo siempre estoy preparado para todo en la vida, incluso para perderla en cualquier momento.

—Yo también.

Le gustó escuchar aquello, pero quiso prevenirla:

—Aquí no tenemos ningún sistema de protección contra impactos, ni siquiera tengo airbags en este cacharro...

—No importa, no hay otra alternativa.

—Ninguna otra. Allá vamos.

Tomó velocidad y se abalanzó sobre la cerca de alambres, rompiéndola. El tirón estremeció al vehículo y el sonido de cristales rotos indicó que el otro faro delantero se había hecho añicos. Después se internaron de lleno en un mar de espigas cargadas de maduro grano, aplastándolas, dejando un surco del ancho del coche en aquel trigal. No podían ver nada hacia delante, sólo algunas estrellas en el cielo. Un fino polvillo comenzó a inundar el automóvil y les hizo toser. Él extendió el brazo, oprimió el cerrojo de la guantera y extrajo unos paños amarillos. Le entregó uno a su pasajera. Se cubrieron la nariz.

Iara observó una claridad notoria sobre el horizonte, un poco a la derecha.

—¿Qué es ese resplandor en el cielo?

—Son los reflejos de una ciudad grande que hay un poco más allá...

—¿Londres?

La miró con asombro, aunque, como siempre, sin poder distinguir sus rasgos, sólo la silueta de su cabeza calva.

—¿De qué mundo vienes? Londres está en Europa, querida, y aquí estamos en América, en los Estados Unidos de Norteamérica...

—Oh... disculpa. No lo sabía.

—¿No lo sabías?

—No.

Él aprovechó la ocasión para soltar una broma:

—Ahora veo que no son tan diferentes las mujeres de este mundo de las de otros planetas...

Ella comprendió aquella insinuación.

—Sarcasmos... Mi nave estaba programada para aterrizar en Inglaterra. De pronto sentí un impacto enorme y llegó el infierno... Sólo pude pensar en activar los sistemas de protección...

—Oh... Lo siento mucho...

—Y mientras mi nave caía desde la estratosfera girando como un trompo enloquecido, no tuve tiempo de ponerme a mirar ninguna guía turística...

Tercer sonrojo.

—Discúlpame... por favor.

—Me di cuenta de tu acento norteamericano, y por eso ahora yo hablo como tú, aunque puedo imitar cualquier otro; pero pensé que eras un norteamericano viviendo en Inglaterra, como hay tantos...

Greg comprendió que se había ofendido, pero el mismo hecho de que se empeñase tanto en demostrar que no era intelectualmente inferior a él le indicó que sí se parecía a muchas mujeres de la Tierra a pesar de todo; además, reparó en un importante detalle que Iara pasó por alto, y, varón a fin de cuentas, no pudo superar sus ganas de molestarla nuevamente.

—Yo creía que en Inglaterra los automóviles tenían el volante a la derecha... —dijo, casi entre dientes, mirando hacia el lado contrario.

Primero se puso pálida, cosa que él no pudo notar. La observación de aquel terrícola le hizo ver que había cometido un imperdonable descuido, indigno de una misión tan delicada como la suya, y después, igual que él antes, agradeció que nadie pudiese ver sus mejillas encendidas.

Greg, intuyendo lo que le estaba sucediendo, y un poco arrepentido, le tomó el brazo en señal de simpatía.

—Pero claro, se entiende; todavía estás conmocionada por el accidente.

Y ella volvió a sentirse bien, un poco porque él tenía razón, pero sobre todo porque la energía que emanaba de aquella mano masculina le resultaba muy grata.

El joven fotógrafo pensó que por un lado era bueno que Iara fuese una mujer parecida a las demás en el fondo; pero por otro lado era lamentable que no tuviera las facultades de una *super woman* con vista de rayos X, capaz de advertirle que iban a estrellarse contra una máquina cosechadora o contra una roca en medio de las espigas.

De un segundo a otro, la cortina de trigo desapareció, pero no hubo tiempo para evitar el poste de otra cerca. Sintieron un fuerte golpe y nuevamente el ruido de cristales rotos. Si alguna de sus luces delanteras había quedado sana, ya no.

El coche avanzaba velozmente arrastrando un colgajo de alambres y estacas.

Pudieron ver allí abajo y a pocos metros la ruta interestatal 70. Se dirigían directo hacia ella mientras descendían por una inclinada ladera cubierta de césped y plantas decorativas. En segundos serían arrollados por una multitud de automóviles y camiones. Iara pegó un grito.

Greg viró bruscamente la dirección hacia la derecha mientras frenaba; el coche se fue deslizando de costado, paralelo a la ruta, pero avanzando a gran velocidad hacia ella. Un enorme camión que venía a toda marcha los embestiría; su chófer, horrorizado, hizo sonar la estridente bocina. El vehículo que transportaba a la pareja de dos mundos entró en el pavimento, avanzó de costado por él y... se detuvo a centímetros del camión, que hizo volar el espejo lateral izquierdo y pasó como una infernal exhalación de hierro, viento y ruido.

Se habían salvado, pero estaban en una situación peligrosa. Quedaron dentro del carril de emergencia de la derecha, sin luces, y algún otro vehículo podría embestirlos debido a la oscuridad. Greg intentó encenderlas; sólo funcionaron las intermitentes y las dos traseras, pero con eso bastaba para prevenir un desastre.

Descendió, no había coches policiales a la vista, pero sí algunos aviones rondando en las alturas. No quiso permitirse albergar pensamientos pesimistas.

Desenredó los alambres y estacas, y los arrastró hasta fuera del pavimento. Trató de arrancar la matrícula trasera con las manos, pero no pudo; entonces cogió una piedra y rompió la pequeña luz que la alumbraba. Se subió al vehículo y esperó a que pasara algún camión por su izquierda para pegarse tras él, debido a su falta de luces delanteras. Cuando apareció uno, Greg comenzó a adquirir velocidad por el carril de emergencia, se dejó pasar y después ingresó en la pista, alcanzó al camión y se mantuvo muy cerca de su parte posterior. Apagó las luces de emergencia para no llamar la atención. Se quedaría allí hasta que apareciese la salida adecuada, unos diez minutos más adelante, y finalmente intentaría llegar a su cabaña.

Estaba animado, a pesar de la tensa situación.

—Ahora estamos por fin a salvo.

Ella parecía más inquieta.

—No estoy segura... No es imposible que los aviones nos hayan detectado gracias a la denuncia de las patrullas que nos vieron desde la ruta. Ellos utilizan tecnología infrarroja, ven como si fuese de día...

Greg comprendió que ella tenía razón, pero trató de ser optimista.

—Pienso que mientras no descubran que no hay ningún cuerpo en el lugar del accidente, estarán con toda su atención en los restos. Todavía no tienen motivos para suponer que los hombrecitos verdes que buscan se escaparon.

—¿Hombrecitos verdes?

—Tú.

—Ah. Claro. Pero mi piel no es verde, por si tenías dudas.

—¿De qué color es?

—De un color normal en este mundo, como si me hubiera bronceado en la playa.

El muchacho sintió un alivio. «Al menos no tiene puntos rojos en la piel o algo así de asqueroso.»

—¿Y tú sabes de qué color es la mía?

—Sólo sé que eres un buen hombre. Eso es lo único que cuenta, y... me atraes mucho...

Cuarto sonrojo.

Se quedó meditando: «Ella también parece ser una buena mujer, y también me atrae mucho; pero no la he visto físicamente, y a la hora de

pensar en una relación afectiva se debe considerar primero que haya atrac-
ción»...

Segundos después comprendió que sus pensamientos eran contradictorios y se rió en silencio de sí mismo.

«Bueno, me atrae como persona, pero no como mujer, no física-
mente»...

Y nuevamente constató su incoherencia, porque momentos antes había sentido una gran atracción física hacia ella.

«Pero no me basta con que ella sea una buena mujer ni que me
atraiga aun sin verla, porque si resulta que tiene algunos tentáculos por
alguna parte, chao.»

—¿A ti te da lo mismo si soy negro como el carbón o rubio de ojos azules?

—Claro.

Creyó comprender.

—Ah, estás hablando de amistad, te atraigo como amigo. En ese sentido es verdad que lo de fuera no importa para nada, uno puede establecer grandes vínculos de cariño y amistad con personas de cualquier nacionalidad, sexo, edad o raza, y también puede sentir un vínculo muy fuerte con un perro, un caballo o un gato, pero...

—No hablo de amistad, Greg. Uno no siente lo que nosotros hemos... sentido... con los amigos ni con los gatos...

Cuando se le pasó el quinto sonrojo de la noche y el desorden de ideas, pudo preguntarle:

—¿Y no tienes preferencias estéticas con respecto a ese punto?

Ella hizo una pausa antes de responder, como buscando las palabras más adecuadas, y al fin dijo:

—Toda la gente, todos los animales, todas las criaturas, todo es hermoso si lo miras con los ojos del amor.

Trató de encontrar el sentido de aquello, pero no pudo; eso sólo podía ser poesía, porque había gente tan fea en el mundo... y las arañas, babosas y escorpiones... ¿hermosos?

—Debo confesarte que soy un retrasado mental y que de poesía no comprendo nada...

Iara emitió su suave sonido que indicaba que algo le hacía gracia y trató de explicar:

—No es poesía, Greg. El amor es un asunto de afinidad de almas, de compatibilidad de energías. Cuando te encuentras con alguien afín, no puedes evitar que te gusten sus formas externas, sea de la raza o color que sea... a menos que tus prejuicios bloqueen tu corazón.

Ahora se le hizo levemente más claro el asunto, pero seguía siendo poesía; si ella tenía verrugas o algo así...

—¿Y de qué depende que haya o no haya amor o afinidad de almas?

—Eso no lo sabe nadie. Las raíces del amor se hunden en el misterio, en el territorio de lo divino, porque el amor es la Divinidad.

Greg se emocionó sin saber muy bien por qué. Permaneció en silencio, no hubiera podido hacer otra cosa.

Un poco después, y apenas fue capaz de lograrlo, abordó otro tema:

—¿Qué hacen concretamente esos aviones dando vueltas por allí arriba?

—Van enfocando el terreno y filmando automáticamente todo lo que ven. Pueden registrar detalles tan pequeños como la hora en un reloj de pulsera. Esas grabaciones son estudiadas después si llega a hacer falta, y ya sabemos que en este caso sí que va a hacer falta.

—¿Por qué?

—Porque pronto van a saber, y a lo mejor ya lo saben, que el «hombrecito verde», como tú dices, escapó. Entonces, si no nos capturan antes, analizarán todo lo que se haya movido en la zona, y una matrícula de automóvil la podrán ver tan grande como un titular del *London Times*, incluso en plena oscuridad.

El hombre comprendió de inmediato lo que aquello significaba, y le pareció una inocentada haber roto la luz de su matrícula.

—Entonces estoy perdido... Ya tienen elementos para saber todo acerca de mí...

—Es verdad, y debido a eso, dos cosas: primera, tenemos que cambiar de automóvil apenas sea posible. Segunda, no debemos acercarnos a tu casa.

Greg se vio de pronto ante una dura e inesperada realidad: no tenía ningún refugio seguro en la vida. Vislumbró un futuro de prófugo a nivel mundial, con su foto apareciendo en todos los telediarios de la televisión. Y sus negros presagios comenzaron a materializarse cuando vio los destellos de las balizas de varias radio patrullas por el espejo retrovisor interno. Estaban lejos, pero se acercaban veloces.

—No es por amargarte la vida, Iara, pero está llegando la policía, aunque puede que no tenga nada que ver con nosotros.

—¿Tienes un espejo de bolsillo? –le preguntó ella.

—Me parece que éste no es un buen momento para acicalar... –no alcanzó a terminar su broma; presintió una mirada asesina en la oscuridad.

—En la parte interior de la visera sobre ti hay uno.

Ella bajó la visera, vio el espejo y lo arrancó fácilmente con los dedos, y se puso a mirar el cielo mediante el cristal en la mano, sacándola apenas por la ventana.

—¿No te es más fácil sacar la cabeza y mirar?

—¿Y dejarles una nítida foto de mi rostro a las cámaras de esos aviones?...

Él comprendió que aunque ella no fuese una *super woman*, podría destrozarle jugando al ajedrez, porque se anticipaba a las situaciones posibles mucho más rápido que él.

La salida lateral que llevaba hacia la ruta 470 y hacia su cabaña estaba bloqueada por la policía, pero él ya había comprendido que nada tenía que hacer por allí. No quedaba más alternativa que seguir derecho, hacia Denver. Las radio patrullas estaban casi encima.

Iara observó algo por el espejo de su mano y dijo:

—Oh, oh...

—¿Qué pasa?

—Dos helicópteros acaban de instalarse encima de nosotros...

Greg se asomó por la ventanilla y comprobó que era cierto. El futuro de prófugo pasó de simple posibilidad a realidad concreta, y dejó de ser futuro.

—¿Qué hacemos? —le preguntó inquieto.

—Entregarnos es mi fin. Interrogatorios, tortura y por último bisturí —explicó ella.

—Eso es verdad... y a mí no me van a hacer mimitos precisamente...

—Escapar... alguna pequeña posibilidad nos deja.

—Entonces sujétate bien.

El automóvil azul oscuro adelantó al camión que le guiaba. Pronto iba a 180 kilómetros por hora y sin luces delanteras por la ruta interestatal 70 hacia el este... pero los helicópteros lo seguían a la misma velocidad, y las patrullas se acercaban más y más.

—No tienes puesto el cinturón de seguridad —observó él.

—Es cierto, nos pueden poner una multa —respondió ella, sin hacer el menor movimiento para abrochárselo. Greg comprendió que la mujer tenía mucho valor, y sentido del humor incluso en esas circunstancias, y eso le gustó, porque él también solía burlarse ante la adversidad.

Se abría una salida lateral a la derecha y no parecía estar bloqueada por la policía.

—¿Te parece conveniente salir por allí? –preguntó Iara.

—No, eso va a parar a un agujero sin salida.

—Entonces acelera, porque esas patrullas nos están disparando a las ruedas –dijo ella, procediendo a abrocharse el cinturón de seguridad.

La loca carrera comenzó de verdad sólo entonces. Greg iba haciendo malabarismos por la ruta al pasar a otros vehículos, virando, acelerando o frenando justo a tiempo para evitar choques diversos. Su única posibilidad era mantenerse alejado de las patrullas que lo seguían y de sus balas, dejando otros automóviles entre él y la policía, cosa que iba consiguiendo, pero no fácilmente. Contaba con la gran desventaja de la falta de luces delanteras.

—Ahora son cuatro los helicópteros... pero ellos no nos disparan...

—Porque te quieren viva...

—Claro...

—¿A qué viniste concretamente a la Tierra? –le preguntó mientras pasaba a un semirremolque por la derecha, esquivando después justo a tiempo una valla metálica; pudo verla gracias a las luces del mismo camión al que acababa de sobrepasar.

—A estudiar la flora y fauna, soy bióloga –respondió ella en voz alta; luego se acercó a su oído y le susurró–: Eso no era verdad. No te puedo decir ahora a qué vine, creo que están escuchando desde los helicópteros lo que hablamos.

Greg tuvo un sobresalto y, acercándose a ella, le dijo suavemente:

—Oh... Seguro que eso es cierto... Y si eso es así creo que podemos despistarlos. —Levantó el tono y dijo—: Entonces tal vez me observas como a un espécimen digno de estudio...

—En cierta forma sí...

—Pero tú serías la delicia de nuestros biólogos... Un solo ojo, en medio de la frente...

—Claro, me imagino. Y con una estatura superior a los dos metros, y con seis largos dedos en estas manos... —mintió ella, siguiendo el juego.

—Y esos tentáculos en tu cabeza... ¿para qué sirven?

—En estos apéndices están todos nuestros centros vitales.

—¿En tu mundo consideran que eres linda?

—Fui reina de belleza en mi escuela...

—No trates de participar aquí en un concurso de ésos.

—No lo haré, y tú tampoco en mi mundo...

En esos momentos se escuchó nítidamente desde los altavoces de un helicóptero casi pegado al techo del automóvil:

—¡ALTO, GREGORY JAMES MURDOCK, DETENGA SU AUTOMÓVIL. SI NO LO HACE, LE VAMOS A DISPARAR DESDE ESTE HELICÓPTERO DE LAS FUERZAS ARMADAS DE LOS ESTADOS UNIDOS!

Greg sintió un frío en la espalda al verse plenamente identificado gracias al número de su matrícula. No dijo nada y sólo aceleró a fondo.

Robb quiso escupir de lo indignado que estaba, pero aquel alfombrado centro estratégico de comandos no era el lugar idóneo. Tomó un micrófono y su voz tronó mientras reprendía al teniente general Babbit, que iba en uno de los helicópteros. Él fue quien se dirigió a Murdock.

Babbit sintió la voz del infierno en sus auriculares:

—ESCÚCHAME, BABBIT. ¿¡QUIÉN CARAJOS TE HA DADO AUTORIZACIÓN PARA COMUNICARTE CON LOS FUGITIVOS, PEDAZO DE BASURA!?

A éste no le gustó verse tratado con tanta indignidad.

—¡Robb, yo soy la mayor autoridad del país de la rama inteligencia, seguridad y estrategia en lo que concierne a la investigación alienígena, sé lo que hago, estoy ciñéndome a la logística, metodología y reglamento. Además, soy un teniente general del ejército de los Estados Unidos y usted no tiene ningún derecho de tratarme de esa forma grosera!

—¡Y YO SOY EL JEFE DE TODA ESTA OPERACIÓN, DE ACUERDO CON LAS ÓRDENES DEL PRESIDENTE DE LA NACIÓN, IMBÉCIL, Y ESCÚCHENLO TODOS: AQUÍ NADIE, OÍGANLO BIEN, NADIE PUEDE NI SIQUIERA LANZAR UN ERUCTO SIN AUTORIZACIÓN MÍA. REGRESA A LA BASE, BABBIT, ESTÁS LIQUIDADO, NO NECESITAMOS BASURA INCAPAZ DE RESPETAR LA JERARQUÍA EN ALTAS OPERACIONES DE SEGURIDAD. VETE AL INFIERNO. QUE PASES UNA BUENA JUBILACIÓN, Y CON EL PICO BIEN CERRADO POR EL RESTO DE TU VIDA; SI NO, YA SABES, IGUAL TODOS USTEDES!

Babbit no acató tan fácilmente aquella orden proveniente de un desconocido que a todas luces ignoraba su elevada importancia y experiencia en la investigación extraterrestre, por más que estuviese respaldado por la presidencia.

—ME NIEGO A OBEDECER ESA ORDEN, ROBB. USTED AL PARECER IGNORA MUCHOS ASPECTOS ESTRATÉGICOS QUE NO PUEDO MENCIONAR POR ESTOS MICRÓFONOS. LE EXIJO QUE RETIRE SUS OFENSAS INMEDIATAMENTE.

Robb pensó que sus proyectos marchaban mejor de lo que él mismo había supuesto y dijo:

—¡TE DOY TREINTA SEGUNDOS PARA VOLVER A TU BASE, BABBIT, DE LO CONTRARIO DARÉ LA ORDEN DE QUE TU HELICÓPTERO SEA DERRIBADO EN EL ACTO!

—Y SÓLO UN IMBÉCIL LE OBEDECERÍA, ROBB.

—¡VEINTE SEGUNDOS, BABBIT! ¡GENERAL STEMBERG, PREPARE UN MISIL EN CONTRA DEL HELICÓPTERO DEL INSUBORDINADO!

El aludido general no vaciló. Había recibido la orden presidencial de obedecer a Robb, y él era un buen militar, y por lo tanto sabía acatar órdenes superiores.

—Sí, SEÑOR.

El teniente general Babbit protestó airado:

—¡ESTÁ COMPLETAMENTE LOCO, ROBB, Y USTED TAMBIÉN, GENERAL STEMBERG! ¡NO PUEDE NI DEBE LA FUERZA AÉREA DERRIBAR UNA UNIDAD DEL EJÉRCITO!

—¡DIEZ SEGUNDOS!

Iara y Greg pudieron ver que un helicóptero abandonaba la persecución y se desviaba hacia la izquierda.

—ESTÁ BIEN, ME RETIRO, PERO ESTO VA A CAUSAR UN SERIO CONFLICTO INTERNO, ROB...

—¡FUEGO, STEMBERG!

El helicóptero del teniente general Babbit estalló en mil pedazos no lejos de la ruta. Los fugitivos pudieron observar el hecho.

—¡Se están matando entre ellos, Greg!... Esto no me gusta.

—A mí sí que me gusta. Mientras menos queden, mejor.

Robb decidió hablar él mismo con los fugitivos. Aunque se encontraba en otro estado, dio instrucciones para que su voz saliese por los altavoces de uno de los helicópteros. Con tono amistoso y cordial dijo:

—QUERIDO GREG, MI NOMBRE ES ROBB, ESTOY AL MANDO ABSOLUTO DE ESTA OPERACIÓN. EL OFICIAL QUE TE AMENAZÓ ACTUÓ POR INICIATIVA PROPIA, DE ACUERDO CON SU IGNORANCIA. ÉL IBA A DISPARARLES Y NO OBEDECIÓ MIS ÓRDENES, ASÍ QUE NOS VIMOS EN LA OBLIGACIÓN DE DERRIBAR SU HELICÓPTERO PARA PROTEGERLES A USTEDES, COMO HABRÁN VISTO..

Iara le dijo en el oído:

—¿Cómo podría dispararnos un helicóptero que ya se había retirado? Aquí hay algo que huele muy mal, Greg.

—Deja ya esa carrera loca, te puedes herir o algo peor. Nadie quiere hacerte daño a ti ni a ella, sólo buscamos la cooperación mútua y la buena voluntad, el entendimiento entre hijos del Universo. Detente y todo irá bien, Murdock. No somos enemigos, sino amigos.

Iara tuvo un sobresalto y le dijo al oído a Greg:

—Sí que escucharon nuestra conversación...

—¿Cómo lo sabes? –preguntó él en un susurro.

—Dijo «ella»...

—¡Es cierto!...

Greg decidió de allí en adelante hablar sólo lo necesario para «pasarles un mensaje».

—¡Ja! Si esos hijos de perra no nos estuviesen disparando, tal vez podrían engañarme. ¿Tú qué crees, Iara? –le preguntó en voz intencionalmente alta.

—Yo no los creo, Greg; yo sé que esa cordialidad es totalmente falsa.

—Ella está asustada y no razona bien, Murdock. Entrégala y te dejaremos en paz.

—¿Y cómo sabes que es una «ella»? ¿Estás escuchando lo que hablamos, Robb? El alto funcionario del gobierno pensó «*maldición*», pero decidió actuar como si todo estuviese previsto y bajo control.

—Sabes bien que sí, Murdock. No sigas poniendo en peligro tu vida. Entrégala y te vas tranquilo a tu cabaña a dormir esta misma noche.

—¡Demonios! –susurró ante el oído de Iara–, ya saben incluso que vivo en una cabaña... Debe de haber cuatrocientos hombres allí registrándolo todo...

Ella se volvió hacia él y le preguntó:

—¿Me entregarías?

Él sintió que traicionar a la dueña de esa mirada, casi invisible, pero tan intensa, condenarla a sufrimiento y muerte, sería una abominable falta de dignidad, una cobardía, una ominosa traición. ¿Dejarla en las sucias garras de Robb? Sencillamente no podría hacerlo. Él era de otra «madera». Esto se había convertido en un asunto de honor, y para él, el honor y la dignidad eran realidades mucho más importantes que la vida misma. Y aparte de todas esas consideraciones, lo que estaba sintiendo por ella...

—¿Me creerías capaz?

Iara no pudo mirarlo a los ojos, pero lo «sintió».

—No —respondió con seguridad. Suspiró con alivio y nuevamente puso la mano sobre el brazo del hombre; éste otra vez sintió aquel cosquilleo que le producía sensaciones inmanejables, pero no dijo nada.

—Detente, Murdock, todavía puedes salir ileso de este lío y recibir una pensión de por vida por tu cooperación con la nación. Sabemos que ella te tiene dominado mentalmente, o si no no podrías traicionar a tu patria. ¡Despierta, Murdock!

—Procura ser más coherente, Robb; primero dices que está asustada y no razona bien, y ahora que me tiene dominado mentalmente... ¿Quién fue el imbécil que te nombró jefe de la operación?

Robb no pudo evitar una salida de su ego ante una ofensa a su bien probada inteligencia, y respondió de forma sonora, clara, categórica y pausada, intentando dar un carácter de ceremonia oficial a su respuesta:

—El presidente... de los Estados Unidos... de Norteamérica..., Murdock.

Greg respondió con sarcasmo:

—Uy, me muero de la impresión... —Y prosiguió—: ¿Por qué no te vas al infierno de una buena vez, Robb? Mi patria es cualquier ser que necesite ayuda para poder seguir viviendo, me la juego por asistir al necesitado, sea quien sea.

Robb continuó hablando zalamero por los altavoces, diciendo que la alienígena iba a ser muy bien tratada, pero Greg decidió no volver a prestarle atención.

Llegaron a una zona iluminada; aparecieron postes en el centro y costados de la ruta. Ya estaban en los suburbios de Denver. La mayor presencia de luz le permitió más destreza y seguridad al conducir; debido a ello pudo sacar alguna distancia a las patrullas, pero por otro lado aumentaba el tráfico, y la carrera se tornaba más y más peligrosa. Tuvo que frenar muchas veces para no embestir por detrás a otros vehículos que avanzaban lentamente, sin dejar espacio para pasar, y en varias ocasiones se vio obligado a abrirse paso a la fuerza por entre algún vehículo y la valla lateral de la carretera, abollando por el costado a algunos automóviles, sacándolos violentamente de su camino, y por allí mismo se colaba después la policía.

La ruta se adentraba de lleno por una zona urbanizada. Encontró un espacio libre y pudo acelerar al máximo, pero también lo hacían sus perseguidores, sin dejar de disparar a las ruedas.

De pronto sintieron un tirón y el golpeteo inconfundible de un neumático delantero desinflado. Una bala había dado en el blanco y el automóvil, a esa velocidad, se convirtió en un incontrolable objeto que se deslizó por el pavimento hacia la derecha, subió un pequeño peldaño de cemento —allí se destrozó el tren delantero— y se encaramó a más de cien por hora sobre una ladera de césped. Al llegar a lo alto, y debido a la inercia, continuó ascendiendo por el aire, pasando por encima de un camión que transitaba por una avenida paralela y contigua a la ruta.

Cuando el vehículo aéreo iba a comenzar a caer, se miraron, y como ahora había luz abundante, pudieron ver plenamente sus rostros por vez primera. El tiempo se detuvo para ambos. Él sintió un ahogo: a pesar de carecer de cabello, Iara era la mujer más hermosa que había visto en toda su vida. Una mirada que cortaba el aliento, unas cejas que enmarcaban los ojos más bellos del mundo, una nariz como esculpida por un fino y delicado artista, y unos labios generosos y bien delineados que parecían pedir a gritos ser besados por él.

Ella sintió haber encontrado al hombre más digno de amar de todo el Universo.

Absortos como estaban, admirándose mutuamente, no recordaron que se encontraban a bordo de un automóvil que volaba por los aires y que se iba a estrellar contra quién sabe qué en un par de segundos.

Y lo hizo por fin.

Después de pasar sobre la cerca de una casa fue a caer horizontal en el techo de un cobertizo, lo destrozó, sintieron un golpe estremecedor y el vehículo siguió cayendo, otro impacto fuerte, pero más amortiguado esta vez, y siguió descendiendo hasta que se detuvo en la parte más honda de una piscina llena.

Quedaron algo aturdidos por las sacudidas, pero el agua fría que comenzaba a entrar los hizo recuperarse enseguida. Estaban ilesos. Se desataron los cinturones con agilidad, abrieron sus puertas y ascendieron. Aparecieron en el oscuro cobertizo de una piscina de invierno. Salieron del agua. Por el techo roto vieron algunas estrellas. Una puerta de gruesos cristales mostraba un lujoso salón en el interior de la propiedad.

Los helicópteros no pudieron detenerse a tiempo. Debido al imprevisto accidente, siguieron de largo y sólo ahora intentaban retornar. Las patrullas buscaban la manera de salir pronto de la ruta.

Robb maldecía.

—¡Si ese hijo de mil perras quedó con vida, lo voy a estrangular con mis propias manos! ¡Stemberg, ponga aviones a escanear toda la ciudad, no podemos cometer ningún error!

Comprendieron que la casa estaba deshabitada, al menos en ese momento. Él vio una pequeña puerta más allá y calculó que podría ser la entrada al garaje, lo cual era interesante, porque en todo garaje de casa lujosa suele haber dos o tres autos. Corrieron hacia la puerta. Él intentó girar el pomo, pero estaba cerrada con llave. Intentó forzarla violentamente, pero nada. Los helicópteros se acercaban con sus reflectores encendidos.

—Déjame a mí –pidió Iara. Tocó el pomo y lo giró; la puerta se abrió. Ingresaron. Era efectivamente el garaje de la casa. Allí había un automóvil, más adelante un espacio vacío, seguramente el que antes ocuparía otro coche, aquel en el cual los moradores salieron, y al final un portón de enrejado metálico y vidrios opacos, por los que entraba luz de la calle.

—¡Procura abrir ese portón mientras yo trato de echar a andar este coche! –le pidió Greg agitado. Ella hizo lo necesario y la gran puerta eléctrica comenzó a ascender; simultáneamente, él echaba a andar el automóvil, que no tenía las puertas bloqueadas y llevaba las llaves puestas en el arranque.

—Esto se llama suerte –comentó risueño mientras ella subía a su lado y se agazapaba en el suelo para no llamar la atención debido a su calva cabeza.

Segundos más tarde salían suavemente hacia una calle perpendicular a la carretera. La puerta del garaje comenzó a descender, para después cerrarse.

Tomaron la dirección opuesta a la de la ruta por la que habían llegado hasta allí y se perdieron por calles de segunda importancia. En esos momentos los helicópteros descendían en la avenida junto a la vivienda de la piscina, lugar que se estaba transformando en un infierno, porque además acababan de llegar las radio patrullas con sus luces destellantes y sirenas, y también los comandos SWAT, que ya estaban escalando el cobertizo destrozado.

Robb, como fiera al acecho, esperaba ansioso el ascenso de los hombres a los que mandó sumergirse en la piscina para rescatar los cuerpos.

—No hay nadie en el auto, jefe.

No pudo contener todo su odio y frustración.

—¡¡¡Hijos de mil perras!!!

—¿Qué hacemos ahora, jefe?

—¡Revisen la casa milímetro a milímetro y todas las casas contiguas también. Bloqueen todo ese vecindario y no dejen nada sin registrar. Esos mal nacidos tienen que estar a pocos metros de allí!

A varios kilómetros del lugar, en un barrio apartado, Greg estacionó en una calle oscura y apagó las luces.

Capítulo 5

Londres protesta

Aún no había amanecido en la capital de Inglaterra aquel domingo de julio.

Cinco hombres, cada uno de ellos portando un negro maletín de cuero, subían presurosos las escaleras hacia el edificio en donde se encontraba un despacho secreto del primer ministro británico, quien había tenido que madrugar de forma imprevista debido a una emergencia nacional.

En esa elegante, aunque sobria, construcción victoriana, se ventilaban asuntos que sólo mucho después aparecían en la prensa, si es que lo hacían alguna vez.

Después de ser debidamente identificados y revisados, fueron conducidos ante la presencia del importante hombre de gobierno.

—No tenemos tiempo para formalidades, ministro. Somos la directiva de la Comisión de Seguridad Interior del Parlamento.

—Ya lo sé, caballeros. Pónganse cómodos, tomen asiento, por favor.

—No, gracias. Scotland Yard nos acaba de informar que el doctor Percival Owen, el científico más importante del Reino Unido y del mundo en estos momentos, ha sido raptado por los servicios secretos norteamericanos...

El primer ministro comprendió que debía guardar toda la calma del mundo, porque aquella afirmación era tan desconcertante...

Después de pensar un poco, serenamente dijo:

—Bien... Caballeros, me temo que me parece más bien inconsistente que nuestros aliados vayan a cometer una imprudencia semejante; además, no sería necesario, porque tenemos convenios de intercambio de información... ¿No estarán confundiendo a los raptores? ¿No se tratará de alguna otra potencia?

El hombre más joven de los cinco tomó la palabra:

—No, ministro. Sabemos que el doctor Owen investigaba una tecnología tan poderosa que el país que la maneje no va a necesitar de ningún aliado nunca más...

El alto dignatario se acomodó el nudo de la corbata. Todo aquello parecía tan increíble y desmesurado...

—Perdonen mi abominable falta de modales, señores, pero... ¿es esto ciencia ficción por casualidad?

Otro de los parlamentarios aclaró:

—Si eso le parece ciencia ficción, entonces afírmese bien antes de escuchar lo siguiente, ministro. Tenemos pruebas irrefutables que indican que los Estados Unidos acaban de derribar una nave extraterrestre...

El primer ministro miró a los recién llegados con altanera arrogancia, como haciéndoles saber que aquél era el lugar menos apropiado del mundo para salir con bromas de mal gusto.

—Mucho me temo no haber escuchado bien...

—Escuchó perfectamente bien, ministro.

—¿Una... nave... extraterrestre?...

—Sí, ministro. Nuestra nación está desde hace mucho involucrada en la investigación de temas que normalmente no llegan a ser conocidos por el público, ni siquiera por nuestros cambiantes primeros ministros, ni por el Parlamento, mucho menos por Su Majestad, y la investigación extraterrestre es uno de esos temas.

—Oh —expresó prudentemente el ministro, con un tono que no delataba nada acerca de lo que estaba pensando, que podría ser cualquier cosa.

—Esa nave fue derribada gracias a una tecnología basada en las investigaciones del doctor Percival Owen, investigaciones financiadas por nuestro gobierno desde hace varios años en el laboratorio The Meadow, en Surrey.

Otro de los parlamentarios intervino:

—Esa tecnología tendría que haber permanecido en manos británicas, pero los norteamericanos se nos adelantaron hace varias semanas. Prepararon tan bien las cosas en The Meadow que apenas anoche pudimos comprender que ni Owen, ni los equipos, ni los planos, ni los discos duros, ni las cintas se encuentran allí, sino en Arizona...

Hubiera querido escuchar más datos antes de tener que emitir alguna opinión, pero diez ojos le taladraban exigiendo su palabra.

—Caballeros —manifestó por fin—, lo que están diciendo es más bien perturbador. De ser verdad... sería algo tan desagradable...

—¿Desagradable?... ¡Esto es algo como para declararle la guerra a los Estados Unidos! —gritó uno de los hombres.

—Calma, calma, señores.

—¡Han violado todos nuestros tratados públicos y secretos, y los firmados con la OTAN!... Pero no sacaríamos nada con declararles la guerra ahora. Con esa tecnología, los Estados Unidos están en condiciones de paralizar y destruir todas nuestras fuerzas bélicas en segundos...

El primer ministro iba perdiendo su serena compostura.

—Si ellos no se nos hubiesen adelantado –aclaró el más joven de los visitantes–, estaríamos nosotros en este momento en condiciones de tener el liderazgo absoluto del mundo, como lo tuvimos en el pasado. ¡Eso fue un acto de la más vil y abyecta piratería!

Los seis hombres se miraron en silencio. Esos sucesos podrían significar el mayor descalabro de la historia.

Al fin el primer ministro tomó una decisión.

—Llamaré inmediatamente al presidente de Norteamérica por la línea privada y le pediré explicaciones.

Minutos después estaban comunicados.

—¡Mi querido presidente! Es un placer saludarlo. ¿La familia bien? Me alegro mucho. Dele mi cariñoso saludo a su encantadora primera dama.

Uno de los parlamentarios se sintió ofendido y murmuró por lo bajo a un colega:

—Estamos en pie de guerra y comienza con esas zalamerías...

—Sin esa capacidad diplomática no se llega a primer ministro –le explicó el otro. El alto dignatario continuó:

—Scotland Yard nos ha comunicado acerca de un... pequeño... inconveniente surgido en The Meadow, nuestro laboratorio de investigaciones científicas ubicado en Surrey.

—«Un pequeño inconveniente»... Y podría significar el fin del mundo... –rezongó en voz baja otro de los hombres.

—Se nos informa que nuestro respetado científico, el doctor Olsen...

—¡OWEN! —corrigieron los cinco parlamentarios.

—Quiero decir Owen, ha sido... se encuentra... desaparecido, junto con todo el material que allí había... lo cual es más bien desconcertante...

Los hombres se miraron impacientes. Esperaban una acción más enérgica de parte del primer ministro, pero éste sabía mejor que ellos cómo había que conducir las relaciones diplomáticas con el principal aliado de Inglaterra.

—No, no, disculpe, presidente, pero, según mis informantes, Scotland Yard tendría informes de que no se trataría ni de China ni de Rusia... No, me temo que tampoco del mundo árabe... ¿Va a consultar con el FBI? ¡Espléndido! Se lo agradezco mucho, mi querido president...

El más joven de los parlamentarios no aguantó más tanto rodeo diplomático, arrebató el teléfono al primer ministro y espetó lo siguiente:

—Escúcheme bien, señor presidente, le habla lord Archibald Cunningham, director de la Comisión de Seguridad del Parlamento del Reino Unido. Scotland Yard nos acaba de informar que su gobierno *raptó* al doctor Owen y *robó* todo el contenido de The Meadow, y que gracias a esa tecnología, que nos pertenece, ustedes acaban de derribar una nave alienígena. ¡Le exigimos una explicación inmediata!

El presidente de los Estados Unidos sólo dijo: «¿Quéee?». Luego expresó autoritario: «¡Espere un minuto!».

Mientras lo hacían, el primer ministro, cuyo cuello y mejillas habían adquirido un tinte rojizo, observaba al joven parlamentario con una mirada de profunda reprobación. Éste le sostenía la vista desafiante, y así estuvieron durante largos minutos sin decir nada, mientras esperaban alguna respuesta por la línea directa a Washington.

Al cabo de un tiempo interminable se escuchó una voz por el teléfono. Dijo ser Graham Morris, uno de los asistentes del presidente, y que como éste se consideraba profundamente ofendido por la vil acusación en contra de su gobierno, no encontraba digno de su parte atender él mismo esa llamada. Después explicó que la posición de los Estados Unidos con respecto al desagradable asunto era la siguiente:

1. Que en primer lugar, ésa no era la forma apropiada de dirigirse hacia el presidente del país más poderoso del mundo.
2. Que jamás hubiera esperado aquella agresión de parte de su aliado principal.
3. Que el gobierno norteamericano pediría explicaciones al de Inglaterra por las infames acusaciones y el tono ofensivo empleado por aquel parlamentario.
4. Que aparentemente estaban pasando muchas películas de ciencia ficción en estos días en Inglaterra.
5. Que de todas maneras se elevaría una consulta al FBI con respecto al «supuesto incidente».

Para finalizar dijo buenas noches y colgó.

—¡Bien dicho, Morris! –le dijo Robb. Él mismo le había sugerido qué responder a los británicos. El presidente norteamericano también escuchaba aquella conversación. El hombre del arete de oro continuó–: Que vayan comenzando a sospechar quién manda aquí, y que sepan que estamos ingresando en UN NUEVO ORDEN MUNDIAL.

El presidente y Morris sonrieron complacidos.

El sol comenzaba a adivinarse apenas tras la neblina de Londres.

Los cinco hombres quedaron completamente confundidos, irritados y también atemorizados. El sexto de ellos, molesto con

los anteriores, los culpaba por su atroz falta de tacto y prudencia diplomática, pero los demás ya no le hacían caso.

—El FBI... Como si fuera un asunto simplemente delicti-
vo, como si no supiéramos que eso tiene que ver con la CIA...
¡Se está burlando de Inglaterra! ¡Debemos reunir al Consejo de
Seguridad del Parlamento e informar privadamente a nuestros
aliados de la OTAN! –exclamó sir Archibald Cunningham.

—Y también debemos informar a Su Majestad Real –propuso el primer ministro. Los parlamentarios le miraron de arriba abajo.

—¿Para qué? –preguntaron los cinco.

Capítulo 6

Romance frustrado

Minutos antes habían estado en el fondo de una piscina; ahora, lejos de allí, con el automóvil detenido en una tranquila calle, se tomaron de las manos.

—Estás todo mojado, Greg. Aquí tienes un paño para que te seques. Suerte que estamos en verano y hace calor...

—¿Cómo es que tú no estás mojada?

—Mi traje es especial; además, no tengo cabello.

El joven hombre, tras secarse el pelo y el rostro, secó también su asiento; después observó atentamente a la mujer y dijo:

—Eres muy hermosa, Iara, me has dejado sin habla; eres bellísima.

—Muchas gracias... Tú también me has sorprendido; eres un hombre muy atractivo, Greg.

Se admiraron mutuamente largos instantes.

—Pareces perfectamente humana...

Ella volvió a emitir el sonido que indicaba que algo le había hecho gracia, pero ahora él pudo ver la simpática sonrisa que acompañaba a aquella expresión.

—Soy humana, Greg; de otra etnia, de otro mundo, pero tan humana como tú. Nuestra especie tiene muchas etnias, pero no se originó en este planeta, como creen casi todos aquí, aunque sin poder comprobarlo. Algunas habitan en unos mundos; otras en otros, con mayor o menor avance, pero todos tenemos un origen común, que no es justamente terrestre.

Greg no tuvo más remedio que creerla, y allí se le hicieron añicos sus esquemas con respecto al origen y evolución humana, pero no lo lamentó debido a que encontró más agradable la idea de antepasados estelares que simios, aunque comprendió que no era el momento adecuado para adentrarse en tan fascinante tema, porque se fijó en el atuendo de la joven y volvió a la realidad de este mundo.

—Lo que me dices es extremadamente interesante, Iara, y tú eres bellísima, pero no puedes andar calva por la vida en estos delicados momentos, ni con ese traje, llamando la atención con ese aspecto de extraterrestre.

—Muchas chicas de hoy llevan este *look* moderno...

—Y a muchas de ellas les van a revisar hasta lo que comieron ayer, gracias justamente a ese *look* moderno... Tienes que ponerte algo en la cabeza y cambiar ese traje por vestimentas adecuadas, y yo necesito ropa seca, y listo.

—No tan «listo», porque tú vas a necesitar además un rostro diferente, Gregory James Murdock...

Sintió como un martillazo al recordar que pronto su foto estaría en todos los aparatos de televisión.

Ella prosiguió:

—Además, este vehículo estará también siendo buscado en todo el país dentro de muy poco tiempo... Y recuerda que esos aviones que sobrevuelan la ciudad escanean y van grabando lo que sucede centímetro a centímetro...

Greg comprendió que la situación no podía ser peor. La miró.

—Nos busca el FBI, la fuerza aérea, el ejército, la CIA y quién sabe qué otros organismos secretos...

Y de pronto el asunto le pareció cómico debido a lo desproporcionado, porque él, antes de eso, se jactaba de ser el hombre más anónimo del mundo. No hacía exposiciones de sus fotos, no le gustaba la notoriedad. Vendía rápido y barato a una agencia los derechos de sus motivos naturales, y por eso su nombre jamás había aparecido en letras de imprenta en medio informativo alguno.

—¡Gregory James Murdock y una... extraterrestre... enemigos públicos número uno en todo el planeta!... —Y se puso a reír casi histéricamente.

Iara le contemplaba con una sonrisa comprensiva, pero a ella no le resultaba tan extraño lo que estaba sucediendo. Había venido al mundo preparada para una eventualidad de ese calibre, para conmoción planetaria, interrogatorios, exámenes médicos y torturas. Pero le bastarían tres movimientos precisos y sincronizados de su lengua para destapar una cavidad en una de sus piezas dentales; entonces se derramaría el mortal líquido en su boca, y en segundos ella pasaría a mejor vida, luego el transmisor microscópico implantado bajo su piel enviaría la información de lo sucedido a su planeta, y su cuerpo se desintegraría.

Greg, calmado ya, la miró y no pudo evitar sentirse embriagado ante su belleza. Algo semejante le sucedía a ella con respecto a él.

A pesar de sus diferencias, se parecían en más de un aspecto: ambos eran conscientes de que la vida podía terminarse en cualquier momento, y estaban dispuestos a afrontar el hecho sin lamentarse y sin temor cuando éste llegase. Tal vez por esa causa tenían muy claro que no había que dejar pasar las oportunidades, porque éstas podrían no regresar jamás, y debido a las particulares circunstancias de aquel momento, eso era más factible aún.

Se abrazaron. Él sintió esa energía amorosa y sensual de una forma tan potente esta vez que no opuso resistencia y se dejó llevar. Se besaron por primera vez, y lo hicieron apasionadamente, durante largos minutos. Ambos sintieron que aquéllos eran los besos más dulces y gratificantes de sus vidas. Greg succionó y mordió suavemente aquellos labios, aquellas orejas pequeñitas y bien formadas, aquel fino y suave cuello. Se embriagó del perfume que emanaba de aquella hermosa mujer. Acarició esos senos más bien pequeños, pero turgentes, los apretó con delicadeza. Ella cerraba los ojos y se mordía los labios.

Él alcanzó a pensar que un primer encuentro como aquel merecía algo más digno que un incómodo coche, pero no sabía si iba a haber una segunda oportunidad, y decidió dejar de pensar y sumergirse a fondo en aquella corriente, en aquella inmensa y poderosa ola de energía.

Sus manos sintieron la necesidad de encontrarse con aquella otra ansiada piel. Trató de buscar un cierre en el cuello para bajarlo, pero no lo encontró. Ella sí sabía cómo hacerlo, y lo hizo, y Greg ahora pudo acariciarla piel contra piel, y luego besarla y besarla y besarla. Buscó con la mano sus muslos, acariciándolos, subiendo lentamente después hasta encontrar su objetivo; ella gemía y suspiraba, y se sintió impulsada a acariciarlo también a él. El hombre se quitó la camisa, Iara recorrió aquel torso con su boca y con sus manos, y no pudo evitar el impulso de hacerlas descender, y al palpar algo inesperado lanzó un grito que rompió la magia del momento, y se retiró violentamente.

Lo miró como a un malhechor.

—¿Qué pasa; qué hice? –preguntó Greg lleno de confusión.

—¡Eso es espantoso!

Estaba muy asustada.

—¿Te refieres a mi...?

—¡Pues claro! ¡Eso no es humano!

—Sí que es humano, es perfectamente normal, común y corriente... En algunas películas he visto a otros que... ésos sí que...

—Pues será común y corriente en este mundo, pero no en el mío...

—¿Qué quieres decir, que allí los hombres...?

Ella le mostró su dedo meñique.

—Así, Greg, y las mujeres estamos adaptadas a esas medidas.

—Entonces eres casi... virgen –dijo él con cierta satisfacción machista, pero las luces de un vehículo que entraba en la calle interrumpieron el diálogo. Se agacharon. El automóvil se detuvo junto a ellos, se abrieron dos puertas y descendieron dos personas. Pensaron que sería la policía, que ya los habría ubicado, imaginaron a un pelotón de hombres armados apuntando hacia ellos. Sintieron temor.

—Este coche no es del barrio, Jim –escucharon decir.

—Ni del estado; tiene matrícula de Alabama, Lou. Ojalá no vengan vecinos negros al vecindario...

—Y si se les ocurre venir, peor para ellos, ja, ja, ja, ja. Abre esa puerta.

Se agacharon todavía más, se hundieron en el suelo.

Sintieron que un portón de garaje se abría; uno de los hombres volvió a subir al auto, cerró su puerta, ingresó en el cobertizo con el vehículo, después el portón se cerró y la calle volvió a quedar en silencio.

Respiraron aliviados. Cuando se sintieron más seguros, Greg se incorporó y se puso la camisa; ella se subió el cierre y continuó agazapada. El joven echó a andar el motor y encendió las luces; entonces fue cuando vio que el vehículo que estaba estacionado delante tenía matrícula de Alabama, y que el asunto anterior no había sido con ellos. Se alejaron de allí sigilosamente por entre calles oscuras, siempre en dirección opuesta a la casa de la piscina. Ella se sentó normalmente, pero cada vez que se acercaba otro vehículo se agachaba.

Sabiendo que el más mínimo movimiento que hacían estaba siendo registrado desde los aviones, se sintieron atrapados; la adversidad se adueñaba de sus destinos, y no veían escapatoria posible.

—¿No puedes hacer que venga una nave de tu planeta y nos rescate?

—No, yo necesitaría muchos elementos técnicos para construir un transmisor. Además, en este mundo descubrieron la forma de anular la acción de nuestras naves y derribarlas, como lo hicieron con la mía...

—¡Ellos derribaron tu ovni!

—Mi nave espacial, Greg.

—Yo pensé que había sido un accidente...

—No. Fue una acción militar...

—¡Hijos de perra!

—Ninguna otra nave podrá venir hasta que encontremos la manera de protegernos del escudo energético que se acaba de instalar en este planeta, y eso tomará su tiempo. Por fortuna mi nave lanzó automáticamente hacia mi mundo el registro de todo lo que me sucedió antes de caer a tierra.

—¿Y vendrán a buscarte?

—No por ahora, no pueden.

—¿No tomarán represalias en contra nuestra porque les derribamos una nave?

—No, Greg. En esta civilización tampoco se tomarían represalias en contra de una tribu salvaje del Amazonas si de pronto un fotógrafo o científico cae acribillado por las flechas. Son riesgos inevitables, pero asumidos.

Greg vio allí confirmada una idea propia.

—Justo lo que yo pensaba. Yo soy de los que creen que los ovnis existen de verdad, ¿sabes?

—Supersticiones –dijo Iara, y ambos rieron. Luego preguntó–: ¿Qué pensabas, Greg?

—Me parecía raro que jamás nos hubiesen atacado, ni conquistado, ni molestado, teniendo un poder tecnológico tan grande, capaz de hacerlos llegar hasta aquí sin poder ser detectados por nuestra tecnología.

—Hasta ahora... –precisó ella.

—Bueno, sí, hasta ahora. Pero comprendí que quienes nos visitan no tienen la intención de hacernos daño.

—No te equivocaste.

Mientras conducía sin rumbo, evitando los sectores más poblados, Greg comenzó a sentirse impotente.

—¡No podemos continuar a la deriva! ¿No tienes algún poder extraterrestre milagroso que pueda ayudarnos?

—Tengo algunas capacidades que ustedes no han desarrollado, pero no es algo milagroso, sino natural.

Él, esperanzado, detuvo el automóvil.

—Suéltalo, por favor.

—¿Cómo dices?

—Que me expliques todo acerca de esas capacidades tuyas.

—Ya viste mi rápida recuperación...

—Oh, sí. Felicitaciones. Pero ¿no eres capaz de hacer alguna cosa útil para ayudarnos en esta situación?

—Bien, simplemente observa –dijo; luego se concentró, y las luces de los postes se apagaron en toda la calle.

—No me digas que tú hiciste eso...

Ella asintió pícaramente, con una sonrisa en sus labios.

—¡Pero eso es fantástico!

Luego hizo clap con los dedos, y la luz volvió.

—¡Sencillamente espectacular!... Ahora entiendo mejor la relación entre ovnis y apagones... Pero eso no nos sirve para absolutamente nada en este momento... –opinó el joven, poniendo el vehículo en marcha nuevamente.

—En este momento no, pero en algún otro tal vez sí.

—Puede ser... ¿Qué otra cosa eres capaz de realizar?

—Puedo abrir puertas.

—Yo también puedo –dijo él, sin comprender.

—¿Que estén con llave? –preguntó Iara, y fue entonces cuando él recordó que ella había abierto fácilmente la puerta del garaje junto a la piscina.

—¡Rayos! ¡Es cierto! Eso de verdad puede ayudarnos, ya nos ayudó. Pero lo de la electricidad... no sé.

—La casa en donde estaba este coche tenía la luz cortada, Greg.

—¿Y?

—El portón eléctrico funcionó...

La miro atónito.

—¡Eres magnífica!

—De donde yo vengo, eso es algo muy común, nada espectacular.

—Igual que yo, que aquí no tengo nada espectacular, pero en tu mundo...

—¡No seas vulgar! –protestó ella.

—Tienes razón, me disculpo –dijo él con cierto bochorno.

De pronto Iara se volvió hacia Greg y lo besó en la mejilla.

—Pero tienes razón, eres espectacular... y me dejaste... pensando —dijo, y se puso a reír, contagiándolo.

En ese instante, Greg vio en el espejo retrovisor las luces destellantes de un vehículo policial que venía acercándose lentamente.

—Pero no es éste un buen momento para adentrarse en ese tema, querida —advirtió, señalando hacia atrás con el pulgar.

Ella se volvió y vio la patrulla.

—Pero eso se soluciona así —manifestó, concentrándose, y de pronto todas las luces del vehículo policial se apagaron y su marcha se detuvo repentinamente. Pudieron alejarse con tranquilidad mientras veían a los policías abrir el capó y rascarse la cabeza.

—¿Tú hiciste eso?

—¿Quién más?

—¡¿Y POR QUÉ NO HICISTE LO MISMO CUANDO NOS PERSEGUÍAN EN LA RUTA ESTATAL, Y TAMBIÉN CON LOS HELICÓPTEROS?! —protestó Greg, comenzando a indignarse.

—Shhh, baja la voz. ¿Estás loco? Si les hubiera cortado la electricidad, a la velocidad que venían, los pobres se habrían matado, y los tripulantes de los helicópteros con mayor razón.

—¿LOS POBRES? ¿Y A QUIÉN LE IMPORTA QUE ESOS CERDOS SE MATEN? ¡ERA ELLOS O NOSOTROS!

—Para la gente de mi mundo es menos doloroso morir que matar. Por eso no matamos a nadie... nunca.

A Greg se le cayó la quijada, se quedó con la boca abierta y nuevamente tuvo que frenar.

—¿Me estás tomando el pelo?

—No, Greg, no. Para nosotros es mejor morir que vivir con el dolor de haber dado muerte a alguien. Nosotros veneramos y respetamos la vida, Greg.

No pudo comprender aquello. Él también estaba dispuesto a dar la vida si lo consideraba necesario, y sin dudarlo mucho; pero al mismo tiempo encontraba que a veces era necesario matar, sobre todo cuando estaban en juego cosas tan sagradas como la dignidad y el honor.

—¿Ni siquiera matan por dignidad o por honor?

—Para nosotros, matar es la mayor falta de dignidad, y la peor pérdida de honor.

Capítulo 7

Carrington y Olafson

El general Benjamin Carrington, jefe del ejército de los Estados Unidos, tronó en el domicilio del director de la CIA:

—¡¿QUIÉN DEMONIOS ES ROBB?!

El alto funcionario del gobierno ya se había acostado y tuvo que levantarse para recibir al militar.

—Conversaremos en el sótano, es más seguro, vamos.

Una vez en un cuarto blindado, de pie y frente a frente, Erik K. Olafson, director de la CIA, explicó:

—Es nuestro hombre principal en The Meadow, un laboratorio de investigaciones científicas inglés ubicado en Surrey.

—¿Y qué investiga la CIA en The Meadow?

—No lo recuerdo, general; vigilamos ése y otros muchos centros de investigaciones en el mundo. Sólo sé que es algo que tiene que ver con experimentos de alta física teórica, y de eso no entiendo nada. También recuerdo que ese laboratorio es dirigido por un científico llamado algo así como Owner.

—Owen, el doctor Percival Owen —aclaró el general.

—¿Y si está tan informado, por qué acude a mí?

—Porque sólo tengo fragmentos de información. Están sucediendo cosas muy extrañas en nuestro país, y todo se relaciona con The Meadow y con Robb.

—Puede ser... Hoy me enteré de que nuestro gobierno está extremadamente interesado en ese asunto, tanto que el presidente me ordenó acatar cualquier orden que provenga de Robb.

Carrington se rascó la cabeza con impaciencia. Algo no encajaba.

—¿Cómo que «hoy me enteré»?... ¿No es la CIA, no es usted mismo quien en primer lugar debería estar enterado? Escuche, Olafson, dejémonos de misterios. Somos dos de los hombres más importantes del país y pienso que estamos en una grave crisis. No puedo entender que el jefe de la CIA me diga: «Hoy me enteré de que nuestro gobierno está interesado...». ¿Interesado gracias a quién? ¿No son ustedes los encargados de investigar los más importantes asuntos y comunicarlos al gobierno? ¿No debería usted estar enterado de lo que hace Robb en The Meadow?

Olafson explicó:

—No, general Carrington, no puedo estar enterado de TODO lo que el gobierno de mi país investiga. La CIA tal vez sí, pero yo no soy TODA la CIA, no cabrían en mi cabeza esos millones de documentos acerca de veinte mil temas distintos. Hay muchos departamentos, cada uno de ellos manejado por diferentes equipos de especialistas. Es obvio que el asunto de The Meadow es manejado por Robb, y que él informó al presidente en forma confidencial, pero los detalles los desconozco.

—Está bien, Olafson, está bien. Pero al menos podrá informarme algo más acerca de Robb.

—Ya le informé: es nuestro hombre en The Meadow, y acaba de ser catapultado a las nubes por el presidente, pero las razones las desconozco.

—¿Sabía usted que ese hombre ha tomado el mando de todas las fuerzas militares de la nación?

Olafson pensó que su visitante deliraba.

—Vamos...

—No. No estoy bromeando. ¿No acaba de decirme que usted mismo recibió hoy la orden presidencial de someterse a Robb?

—Sí... pero yo pensé que eso sólo tenía que ver con la CIA.

—Es mucho más que eso, Olafson. ¿Y no le pareció raro que el presidente le ordenase seguir las órdenes de un subalterno suyo?

—No. Entiendo que eso se debe a una investigación especial y transitoria. A veces sucede que el presidente me informa acerca de la necesidad de seguir las instrucciones de alguien, un especialista, durante alguna investigación muy importante. Pero siempre es algo pasajero, como ahora seguramente.

—No como ahora, porque también le dio el mando de todas nuestras fuerzas armadas...

—Eso ya sería algo más bien atípico...

—¡Atípico un cuerno! ¡Eso es extremadamente grave!

—Bien... No es habitual, pero si es verdad lo que dice, seguramente habrá alguna poderosa razón para ello, no me cabe duda.

—¿Tampoco sabe usted nada acerca de cierto incidente relacionado con un ovni ocurrido esta misma noche?

—¿Con un... qué?

—Ovni, O, V, N, I, o más bien con una nave extraterrestre.

Olafson dudaba cada vez más de la salud mental del general.

—Me temo que esas hipótesis son estudiadas por un equipo de especialistas en el tema, y yo no soy uno de ellos.

Carrington iba de una desilusión a otra. Pensaba, igual que todo el mundo, que el director de nada menos que la CIA tendría que saberlo todo, y ahora veía que no sabía casi nada, y que catalogaba a la investigación de la vida extraterrestre como una simple «hipótesis»... O estaba en la luna o se hacía el tonto...

—Le hablaré con claridad, Olafson. Pienso que el presidente está siendo manejado por Robb, y que está en peligro la nación.

—Eso es altamente improbable, general.

—Pero debe ser investigado. ¿No le parece?

—No he recibido ninguna orden al respecto, general Carrington.

Este último perdía la paciencia, pero tenía que dominarse. Con una voz exageradamente amable, le preguntó:

—¿Para qué tenemos a la CIA, Olafson? ¿para qué fue creada?

—Para que se encargue de asuntos relativos a la seguridad nacional, naturalmente.

—Exacto, y usted es su director, y como en estos momentos la seguridad de nuestra nación está amenazada o podría estar amenazada, es su deber investigar, Olafson, ¡AHORA MISMO!

—No es así como funciona, general; yo, igual que usted, debo recibir instrucciones de mi superior para actuar, y mi superior máximo, igual que el suyo, es el presidente de los Estados Unidos de Norteamérica.

—¿Y si el presidente se volviese loco, de quién recibiría usted órdenes?

El director de la CIA no vaciló y se puso a recitar la Constitución:

—Artículo dos, primera sección, inciso cinco: «*En caso de que el presidente sea separado de su puesto, de que muera, renuncie o se incapacite para dar cumplimiento a los poderes y deberes del referido cargo, éste pasará al vicepresidente».*

El general hacía grandes esfuerzos para ocultar su exasperación ante el exceso de legalismo del máximo funcionario de la CIA en medio de una inminente crisis, y decidió intentar obtener su cooperación por otro conducto. Le tomó por los hombros, le miró a los ojos con gran fijeza y le dijo:

—Escúcheme, Olafson. Si una señora sospecha que anda un ladrón en su patio, simplemente llama a la policía y dice: «Creo que anda un ladrón en mi patio», y la policía acude en el acto, ¿verdad?

—Así es.

—Y si alguien llama a la CIA y dice: «Creo que un terrorista quiere matar a un senador», la CIA actúa, ¿verdad?

Olafson no necesitó más palabras. Comprendió que la situación del momento podría ser muchísimo más grave que esos ejemplos, y que, aunque no mediase orden del presidente, debía actuar.

—Está bien, Carrington, investigaremos.

El general respiró aliviado.

—¡Vaya, por fin, bravo! Necesitamos ver la ficha personal de Robb.

El director se dirigió a un ordenador lateral que estaba siempre encendido, se sentó ante él, digitó algunas órdenes y en la pantalla apareció la foto en colores del hombre. Carrington acercó una silla al monitor y se sentó, inclinándose hacia adelante para observar mejor.

—Michael Jefferson Robb, 1960, Filadelfia. Fue estudiante y luego instructor en la Escuela de las Américas.

—Especialista en lucha antisubversiva entonces...

—Correcto. Después pasó al cuadro de Fuerzas Especiales. Aprobó con la nota máxima.

—¡Nota máxima en el cuadro de Fuerzas Especiales!... Ese tipo es una máquina de matar, es Rambo, Terminator...

—Así es, general. Ingresó en la CIA en 1990.

—¿Y cómo es que lo asignaron a algo tan tranquilo como un centro de investigaciones científicas en Inglaterra?

—No lo sé... Hummm... Ya, porque hizo cinco años de Física Teórica en el Instituto Tecnológico de Massachusetts. Aprobó todo con calificaciones máximas...

—¡Calificaciones máximas en el ITM!... Una máquina de matar, y extremadamente inteligente además. Un peligro.

—Fue él mismo quien sugirió a la CIA vigilar The Meadow, dirigido por Percival Owen. Robb se especializó en las investigaciones de física del profesor Owen cuando estudiaba en el Instituto Tecnológico de Massachusetts. Allí consideró que el tema podría transformarse en algo de máxima importancia para la seguridad de la nación en un futuro cercano. Después entregó un informe a nuestra agencia, y la CIA lo designó a él mismo como su hombre en Surrey, naturalmente, porque era la única persona en nuestra organización lo suficientemente informada en esos asuntos.

—Entiendo. Por favor, ahora traiga la información conseguida por Robb en The Meadow. Debemos ver qué se cocina allí, que tiene al país patas arriba.

El director intentó traer la información a la pantalla y dijo:

—¡Demonios! ¡Todo el directorio que contenía esos archivos fue borrado!

—¿Y eso qué significa?

—Que el asunto es mucho más grave de lo que me suponía, que alguien quiere esa información sólo para sí, y que tenemos algún saboteador o espía en el más alto nivel de nuestra agencia, porque únicamente a ese nivel se puede borrar información, y siempre que se cuente con mi autorización, y yo no he autorizado eso.

—¿Y no tienen copias de seguridad?

Olafson dudó antes de hablar. Se aclaró la garganta.

—Pues bien, yo tendría que revelarle un secreto para que pudiésemos seguir investigando juntos.

—¿De qué se trata?

—Es un asunto muy delicado. Debe usted jurar que no revelará a nadie lo que voy a decirle, NUNCA... JAMÁS.

—Lo juro.

Olafson miró amenazante al general.

—No necesito recordarle que si viola su juramento y la CIA se entera...

Carrington se sintió ofendido.

—¡Señor Olafson! Me parece impertinente su amenaza encubierta. No olvide que mi elevado cargo me hace estar habituado a mantener muchos secretos.

—Mejor entonces. Esto es algo que sólo saben quienes son designados directores de la CIA, nadie más.

—Hable de una vez, Olafson.

—Sí que tenemos copias de seguridad, pero nadie más que yo lo sabe, y también cómo acceder a esos datos.

—No veo la gravedad del asunto...

—Le explicaré, general. Muchas veces el Congreso dicta alguna ley que nos obliga a borrar alguna información; entonces debemos hacerlo... o deberíamos hacerlo...

—¡Pero no lo hacen y la información sigue allí!... ¡RAYOS! Sí que es delicado. Aunque me parece algo necesario para la seguridad de la nación, porque muchas veces el Congreso parece estar en contra del país... ¿Podríamos ver la información de seguridad acerca de The Meadow?

—Vamos a intentarlo, no sabemos si la misma mano que borró el directorio de The Meadow borró también la copia...

—¿Y no tienen otras copias, en algunas cintas o discos archivados por ahí?

—Sí, pero yo no podría acceder desde aquí. Bien, vamos a ver si borraron la copia, y también vamos a averiguar desde qué terminal se realizó ese sabotaje. ¿Tendría la gentileza de mirar hacia otro lado mientras introduzco los códigos?

—Por supuesto.

—Bien, no la borraron. Los saboteadores no tienen toda la información con respecto a nuestros sistemas de seguridad. Magnífico. Ese directorio fue borrado hace dos semanas, y lo hicieron desde el terminal 46-90, y ese terminal depende de... Polansky, uno de nuestros mayores expertos en sistemas informáticos. Proviene de la Agencia Nacional de Seguridad.

—¿Experto en informática de la ANS?... Entonces es un *hacker* o *cracker* en potencia...

—Correcto, aparte de ser un gran especialista en descifrar claves y códigos. Apenas terminemos con esto ordenaré su detención, para que nos informe por qué borró ese directorio, y mediante qué artimañas técnicas.

—Y por órdenes de quién –precisó el general Carrington.

—Por supuesto. Vamos a The Meadow. Aquí está. Allí se trabaja en la investigación de las... *«Ondas Oruga»*.

A Carrington le pareció que aquello era una broma.

—Ondas... ¿Oruga? ¿Qué demonios es eso?

—No lo sé, debe de ser un nombre en clave, veamos... Al parecer se trata de la investigación de ciertos haces de energía de tipo... —el director de la CIA pareció no creer en lo que estaba leyendo– *extradimensional...* que posibilitarían... comunicaciones y traslados... *intergalácticos* en tiempo... *cero...* interceptación de mensajes y telecomandos de naves... *extraterrestres...* y manejo de energía... incalculablemente destructiva...

Olafson comenzó a inquietarse seriamente por la seguridad de su nación por primera vez aquella noche. Con aire de incredulidad dijo:

—¡Esto no es serio!... ¿Y nuestro presidente anda envuelto en esos delirios de ciencia ficción?...

Carrington creyó comprender el núcleo del asunto y exclamó:

—¡El verdadero delirio es que estemos gastando millones en el Proyecto SETI!

—¿Qué quiere decir, general?

—Que estamos invirtiendo fortunas para rastrear el espacio en busca de emisiones de radio provenientes de otras posibles civilizaciones del Universo, mientras que en otras áreas del gobierno saben muy bien que buscamos basura, ondas hertzianas, que son una tortuga al lado de esas «Ondas Oruga».

—¿Y por qué iba el gobierno a permitir esa pérdida de recursos inútil, si sabe que el asunto no pasa por allí?

—Porque tendría que comprobar que pasa por otro lado, y para eso tendría que mostrar abiertamente lo que sabe, y por lo visto no desea hacerlo, o cierto sector del gobierno al menos no desea hacerlo...

—Puede ser. Y con toda seguridad se trata del mismo sector que borró la información de The Meadow...

—Exacto. Estas investigaciones manejadas por Robb apuntan hacia la existencia de otras ondas, extradimensionales, capaces de recorrer el Universo en tiempo cero, que serían el verdadero método de comunicación, de traslado, de telecomandos y hasta de destrucción que utilizarían las civilizaciones más avanzadas que las nuestras...

—Pero todo eso es sólo teoría por el momento, general, ¿no le parece?

—¡Teoría un cuerno! Esta misma noche nuestras fuerzas militares, dirigidas por el mayor experto norteamericano en «haces de energía Oruga», Michael Robb, lograron derribar por primera vez en la historia una nave extraterrestre.

Olafson miró con alarma a su visitante, aunque ya no estaba tan dispuesto como antes a dudar de todo. La esquizofrenia parecía haberse apoderado del gobierno, o... No sabía qué pensar. Robb había redactado esa especie de «informe extraterrestre», y le constaba que el presidente lo había puesto a la cabeza de la CIA y tal vez de todo el país... No entendía nada.

—¿Y cómo sabe que esa información es verídica?

—Soy la mayor autoridad del ejército de los Estados Unidos, Olafson... Bueno... después de Robb a partir de hoy. El presidente me ordenó facilitarle a este misterioso Rambo equipo y personal de la base militar Fort Carson, en Colorado, el más cercano emplazamiento del ejército al lugar de la caída de la nave, primero para rastrear la zona, y después para efectuar el traslado de los restos hacia... adivine dónde...

—Así como están las cosas, no me extrañaría nada que hacia... ¿Groom Lake?

—¡Justo! Alias «Área 51». ¿Dónde si no? ¿Qué sabe usted acerca de Groom Lake?

—Nada. Eso le pertenece al ejército, a ustedes, y no a la CIA. Debería yo estar preguntándole a usted qué sabe acerca del Área 51.

—Sólo tengo información oficial, y la información oficial dice que esa base situada en Nevada... no existe... Aunque todos sabemos que sí existe, y que está ubicada a 37 grados 14 minutos de latitud norte, y a 115 grados 47 minutos de longitud oeste, pero Groom Lake es manejada por un departamento secreto del ejército, con atribuciones propias. No sé nada más.

—Entonces me comprenderá mejor ahora. No basta con ser el jefe máximo de algún organismo del estado para saber todo lo que sucede allí.

—Es cierto. No en este país al menos... ¿Y no sabe usted si hay colaboración entre Groom Lake y la CIA?

—Lo ignoro, aunque seguramente sí, pero ya le dije que ese tema está en manos de especialistas y que yo no soy uno de ellos. Mi especialidad se relaciona con el terrorismo y la política internacional, y no con las relaciones interplanetarias. Pero si resulta ser verdad que acabamos de derribar una nave extraterrestre...

—¡Es verdad!

—¿Tiene pruebas?

El general dudó, pero luego accedió a hablar:

—Está bien. Pero ahora debe jurarme a mí que nada de lo que yo le comente será revelado por usted.

—Lo juro.

El general miró con reproche a Olafson.

—Bien. Pero yo no tendré la descortesía de hacerle ningún tipo de amenazas, como usted antes a mí.

—Le pido disculpas, general. Es un hábito profesional. El negocio de la CIA es la seguridad.

—Está bien, yo no tengo ese hábito profesional, aunque nosotros tenemos también áreas de inteligencia y seguridad, por ejemplo, el brigadier general que va al mando de los hombres que participan en el traslado de la nave caída, desde Colorado hacia Nevada, pertenece a esa área. Él viajó al lugar con una cámara fotográfica digital oculta y con un ordenador portátil conectado a Internet vía teléfono móvil. Hace menos de una hora me envió por la red y en forma codificada, información acerca de lo que allí está sucediendo.

Extrajo un disquete de su chaqueta y se lo alcanzó.

—Póngalo en esa máquina y vea usted mismo lo que acabo de recibir.

Olafson pudo observar nítidas imágenes en colores de la nave caída, con abundante personal de las fuerzas armadas cerca de ella.

—Mi oficial dice que no se encontraron restos humanoides, y que la única tripulante, una mujer extraterrestre llamada Iara, que habla un inglés perfecto, escapó con vida y fue auxiliada por un hombre llamado Gregory James Murdock. Aquí está su foto.

A Olafson le parecía que la realidad se había transformado en un relato de ciencia ficción, pero las pruebas parecían contundentes.

—Escaparon en el automóvil de Murdock y se encuentran prófugos. Se cree que ella ejerce dominio mental sobre él y que por eso él la está ayudando. Se supone que la extraterrestre mide más de dos metros de estatura, que tiene un solo ojo en el centro de la frente, apéndices en la cabeza y seis dedos en las manos.

—Todo un encanto de mujer —opinó Olafson.

—Pero Robb sospecha que esta descripción podría ser falsa y ordenó que no debe ser considerada como definitiva. Proviene de una conversación que tuvo lugar en el interior del automóvil entre la alienígena y Murdock mientras huían, interceptada desde un helicóptero. Según Robb, ella tal vez no ignoraba que podían estar siendo escuchados, de ahí que la descripción pueda haber sido deliberadamente deformada por la mujer para despistar.

—Tiene sentido. La ET no parece ser idiota...

—Y mucho menos Robb, que tiene otros indicios para dudar, porque en esa conversación ella dice que está en este mundo para investigar la flora y fauna.

—¿Y?

—No hace falta aprender a hablar inglés en forma impecable para eso, y con acento norteamericano perfecto aún menos... Robb opina que ella tiene la preparación de un espía altamente cualificado y que es de peligrosidad extrema.

—Ahora va teniendo más sentido que el presidente haya elevado a Robb al Olimpo. El incidente con la nave extraterrestre podría desencadenar represalias de parte de los vecinos de las estrellas, y si quien más sabe acerca de la forma de defendernos ante esa amenaza es Robb, entonces podría ser natural que él esté a cargo de nuestra defensa. ¿No le parece, general?

—Por un lado sí, pero hay más, y mucho peor. Primero, Robb está difundiendo por el país que una nave extraterrestre derribó a uno de nuestros helicópteros que participaba en la persecución de los fugitivos. En él viajaba el fallecido teniente general Babbit, nuestro mayor experto en la investigación ET.

Olafson comenzaba a inquietarse aún más.

—¿Y eso es verdad?

—Allí en el disquete tiene fotos de los restos del helicóptero. –El director de la CIA vio la pantalla y tuvo un sudor frío.

—¡Entonces estamos en una guerra interplanetaria!

—Eso es justamente lo que Robb quiere que el país crea, pero la nave espacial había caído a tierra mucho antes de ese incidente. El helicóptero fue derribado por un misil lanzado desde un avión de la fuerza aérea, según órdenes de Robb a un general llamado Stemberg. Nuestro servicio de inteligencia militar tiene las grabaciones de los diálogos mantenidos entre Robb y nuestras fuerzas de seguridad.

—¡Esto se complica cada vez más!

—Y todo eso no es nada, Olafson...

—¿Hay algo peor?...

—Mucho peor: inteligencia militar también interceptó una conversación telefónica entre el presidente de la nación y Robb, en donde el primero felicita al segundo por haber logrado derribar la nave espacial, y luego captaron otra conversación mantenida entre el primer ministro de Inglaterra y nuestro presidente. Gran Bretaña, a través de un lord que es el director de la Comisión de Seguridad del Parlamento del Reino Unido, acusa a nuestro gobierno de haber robado todo el material de The Meadow hace dos semanas y de haber raptado al doctor Owen.

—¡¿Qué?!... Ése no es el estilo de nuestro gobierno en estos tiempos, y menos hacia Inglaterra. Además, no sería necesario porque tenemos tratados de intercambio de información –opinó Olafson, rascándose la barbilla.

El general continuó mostrando los datos que poseía:

—El presidente, mediante un asesor suyo, respondió burlona, cínica y amenazadoramente al lord inglés ante esa acusación, siguiendo instrucciones de Robb...

—¿Siguiendo instrucciones de Robb? ¿Y cómo sabe eso la inteligencia militar?

—Porque interceptó también la conversación entre ellos dos por otra línea...

Olafson comprendió que se encontraba tal vez ante la peor crisis de la nación de toda su historia, y decidió investigar más a fondo con respecto a The Meadow. Fue siguiendo varios enlaces en su ordenador y de pronto exclamó:

—¡Rayos!

—¿Qué encontró?

—Que hace un año el ejército entregó a Robb... DIEZ MIL QUINIENTOS MILLONES DE DÓLARES...

—¡Diez mil quinientos millones de dólares!... ¿¡El ejército!? No puede ser. Un traslado de fondos de esa envergadura tendría que haber sido firmado por mí, y yo no he firmado nada...

—Sin embargo, aquí dice que usted y todo el alto mando del ejército aprobaron y firmaron esa transferencia para financiar un tal «Proyecto Mariposa»... y también lo aprobó el Consejo de Seguridad Nacional...

—¡Pero yo no he firmado nada, Olafson, y jamás en la vida había escuchado hablar de ese Proyecto Mariposa!

—No se preocupe, general Carrington, le creo. Yo tampoco he firmado nada, y soy el consejero de inteligencia del Consejo Nacional de Seguridad.

—¡Demonios, o nos están suplantando o están falsificando nuestras firmas!

—Así es, general.

—¿Y sabe qué es lo peor de todo con respecto a esos fondos?

—Dígamelo usted, general.

—Que en ninguna parte falta ese dinero. La auditoría se hizo hace menos de un mes, y las cuentas están impecables... Y cuando se dice que cierto dinero destinado a financiar algo salió de algún lado, cuando en realidad salió de otro, ¿ante qué estamos, Olafson?...

—¡Blanqueo de dinero!

—¡Correcto! Narcotráfico casi con toda seguridad. Esto huele muy mal, muy mal.

—Tiene razón...

—¿Y de qué dice ahí que trata ese Proyecto Mariposa?

—Casi nada... De construir un centro alternativo de control del poderío bélico nacional, un centro subterráneo altamente protegido, con un arsenal de cohetes antimisiles, y equipado con, escuche bien, general: «Armas Oruga»...

—¡Armas Oruga!

—Armas Oruga. Y la oruga se transforma en mariposa... Ese centro alternativo de control bélico estaría en Arizona... Se mantiene el lugar exacto como información clasificada, no se dice si se construiría o ya se construyó.

—Es obvio que ya se construyó, con dinero del narcotráfico o algo así, y que desde allí se derribó esa nave extraterrestre; ahí mismo debe de estar en estos momentos Robb dando órdenes a todo el país... ¿Se da cuenta de lo que está sucediendo, Olafson? ¡El país enloqueció! Grandes y clandestinos traslados de dinero ordenados por el gobierno, se hacen transacciones con el narcotráfico, se blanquea dinero, se nos suplanta o falsifican nuestras firmas, se construyen bases militares clandestinas, y nadie sabe quién está detrás. Se derriba un helicóptero nuestro por nuestras propias fuerzas. ¡Además hemos violado nuestros pactos con el Reino Unido y con la OTAN! ¡Estamos actuando como vulgares matones, ladrones, blanqueadores de dinero, raptores y piratas!

Olafson meditó antes de decir algo; luego expuso:

—Es cierto que en política no se puede ser una cándida paloma, y que mil veces hemos actuado en forma ladina, igual que todos los países fuertes en el mundo; pero hasta donde recuerdo, siempre hemos respetado los pactos con nuestros aliados. Nunca habíamos caído tan bajo. Por otro lado, nuestra seguridad está siendo violada con facilidad extrema. Aquí sucede algo muy extraño y peligroso, tenía usted razón, Carrington: ése no parece ser nuestro presidente ni nuestro gobierno, no es nuestro estilo de hacer las cosas.

—No, Olafson, no lo es. Vamos a investigar a fondo. Hablaremos privadamente con los generales de nuestras fuerzas armadas; con el Congreso; con el Consejo de Seguridad de la Nación, del cual ambos formamos parte; con el gobierno de

Inglaterra, y con los gobiernos de los demás países de la OTAN. Este descalabro internacional, esta conspiración, parece surgir de una inventiva inteligente y malvada al mismo tiempo. Igual que en Alemania en los años treinta, Olafson.

—Puede ser, aunque allí no había extraterrestres de por medio...

—No. Pero sí había judíos...

—Claro, pero los judíos no andaban en naves espaciales, Carrington.

—Sin embargo, los persiguieron como si lo hicieran... Y con los alienígenas podría suceder lo mismo...

—No sé... Si antes no hubo justificación, en este caso sí que podría haberla.

—¿Por qué? Fueron los estados Unidos quienes derribaron una nave extraterrestre, y no al revés. Y también fue un caza de nuestra fuerza aérea el que derribó a ese helicóptero.

Olafson se rascó la barbilla y se quedó pensando unos instantes. Luego dijo:

—Interesante. Prosiga, por favor, general.

—A pesar de la evidente superioridad tecnológica extraterrestre, jamás hemos sabido de ningún ataque, lo cual indicaría que esa gente no tiene ganas de comernos vivos... Me parece que los únicos agresivos aquí somos nosotros, y tal vez sin necesidad real, igual que cuando los judíos...

—¿Chivo expiatorio para justificar y distraer... siendo en realidad una conspiración cuya verdadera finalidad sería obtener el poder sobre los Estados Unidos?

—Tal vez sobre todo el mundo, Olafson.

—¿De parte de quién?

—Eso es lo que tenemos que averiguar.

El director de la CIA tuvo una idea nueva:

—¿Está seguro de que esa nave es en realidad de origen extraterrestre, general?...

Carrington abrió los ojos de forma desmesurada. Hasta ese momento había pensado que sí, pero ahora que él lo mencionaba...

—¿Quiere decir que podría ser *made in USA*?...

—Podría ser.

—Entonces Murdock y la supuesta alienígena no serían más que una cortina de humo...

—No es imposible que no aparezcan jamás... Y si algún sector acaba de obtener una nueva y poderosa tecnología bélica, con mayor razón resulta digna de ser considerada esa hipótesis.

—Muy oscuro todo, Olafson. El asunto es saber quién busca la hegemonía mundial. ¿Ocultos centros de poder de los Estados Unidos? ¿El presidente? ¿Robb y el presidente? ¿Alguna organización desconocida? ¿Sólo Robb? ¿El narcotráfico?

—Vamos a investigar; es nuestro deber patriótico hacerlo, general. Gracias por haber venido.

—Prioridad uno, entonces, Polansky; por ahí tal vez podamos ir desenrollando la madeja.

Olafson tomó el teléfono y dijo:

—Habla el director. Haga arrestar inmediatamente a Polansky.

—Lo siento, director –le respondieron–. Polansky está desaparecido desde hace un par de semanas.

—¡Demonios! ¿Y por qué no me habían informado?

—Porque usted pidió que sólo lo molestemos para asuntos de importancia nacional, y Polansky no lo es.

—De ahora en adelante sí que lo es, y de primera magnitud. Prepáreme un informe completo, voy para allá.

Capítulo 8

Presionando al científico

Cuatro hombres bien vestidos rodean a un anciano atado a una silla.

—¿Cuáles deben ser los valores X e Y para que el generador número dos elimine los objetivos señalados?

—Me temo que se equivocan conmigo, jovencitos. Me resisto a cooperar con piratas.

Uno de los hombres se situó detrás de él y le tiró suavemente de las patillas.

—Hasta el momento no te hemos querido retorcer los testículos ni levantar las uñas, viejo inglés imbécil, pero si te sigues negando a cooperar nos veremos en la obligación de hacerlo. ¿Cuáles deben ser los valores X e Y en el generador número dos? —preguntó nuevamente, comenzando a tirar más fuerte de los cabellos del anciano.

El hombre de ciencia sabía que estaba frente a seres muy inconscientes.

—Ustedes parecen no darse cuenta de lo que están haciendo. ¿Tienen la menor idea del terrible poder con el que quieren jugar?

—Claro, suficiente poder para destruir las principales bases militares del mundo, incluidas las norteamericanas, a control remoto y de forma instantánea, o para pulverizar cualquier lugar del planeta y sus alrededores, igual como destruimos esa nave invasora.

—Sólo interfirieron en sus controles mediante el generador uno, y la nave cayó a tierra. No sé qué necesidad tenían de hacer eso...

—¡Estaba violando nuestro espacio aéreo!

—Me parece que no mucho más que cuando nuestros investigadores van a la selva a filmar a los macacos... Pero una sola descarga del generador número dos mal calculada podría destruir a una nación entera, y podría ser esta misma nación... o algo peor...

—Es cierto, pero tú vas a ser un buen muchacho y nos ayudarás a calcular bien, ¿verdad? Y así no tendremos que aplastarte esos viejos huevos –dijo el mismo hombre, tirando más de las patillas blancas.

—Sufro del corazón y soy débil, y ante la tortura puedo morir de un infarto, y si eso sucede, ¿qué van a hacer?

—Estudiar a fondo el material que «importamos» de Inglaterra, y ya nuestros muchachos lo están haciendo, pero eso retrasará un poco nuestros proyectos, así que vas a portarte bien. Queremos borrar del mapa solamente las principales bases militares del mundo, para que sepan quién manda aquí de ahora en adelante, no se metan en líos y sean obedientes. ¿Cuáles deben ser los valores X e Y para activar el generador número dos?

—¿Colaborar yo con el homicidio de miles de personas? Ustedes están definitivamente locos. Prefiero morir, pero quedar con la conciencia en paz.

El hombre soltó las patillas, caminó un par de pasos y se puso de pie delante del anciano.

—Cuando se trata de guerra no se habla de «homicidio», viejo decrépito.

—Homicidio es homicidio siempre, ya sea con la excusa de la guerra, de la pena de muerte o de lo que sea. Olvídenlo, jamás cooperaré con ustedes. ¡Jamás!

Una fiera bofetada le cruzó el rostro, haciendo saltar saliva, sangre y un par de dientes.

Capítulo 9

Preparando
el golpe

—Vamos a una de esas grandes tiendas que tienen de todo, Greg. Allí habrá ropa y lo necesario para que podamos pasar inadvertidos.

—Imposible, hoy es sábado y a esta hora están cerradas; además, no tengo mucho dinero.

—Es perfecto que estén cerradas, Greg, y no necesitaremos dinero.

—Ah, es verdad que tú puedes abrir puertas... Pero no se trata sólo de puertas; allí habrá circuitos cerrados de televisión, alarmas...

—Todo lo cual funciona con e-lec-tri-ci...

—¡Claro! Y tú puedes desactivar todo eso. Magnífico. Y qué bien que ante la idea de robar en una tienda no tengas los mismos remilgos que hacia liquidar a un puerco de ésos...

—¿Robar?... En mi mundo consideramos que es un derecho de cada persona recibir de la sociedad lo que necesita para su bienestar y felicidad, y nosotros necesitamos lo que vamos a extraer de la tienda para seguir viviendo. Eso no es robar.

El hombre rió de buena gana; luego expresó:

—Me parece una justificación muy astuta, pero vale. Vamos allá.

Iara lo miró muy seria.

—Espera. No es ninguna justificación astuta, Greg, sino el resultado de una forma más elevada de concebir la existencia, y por lo tanto la economía.

—Ah, está bien, mejor entonces. A los ladrones de este mundo les encantará saber eso.

—No entiendes nada, Greg. De donde yo vengo, nadie es deshonesto.

—Tienes razón, no entiendo nada.

—No importa. Necesitaremos velas.

—¿Velas?... ¿Para qué?

—Para alumbrarnos en el interior de la tienda.

—En la guantera vi una linterna...

—Las linternas son eléctricas, Greg.

—Bueno, sí, pero a baterías...

—Las alarmas también...

—¿Qué quieres decir?

—Que si no corto toda forma de electricidad en la tienda, nos podrían atrapar.

Él la miró sorprendido.

—¿Y puedes también cortar la electricidad de las baterías?

Ella le habló como si fuese un niño pequeño.

—¿Y cómo crees que funcionaban las luces de la patrulla que viste que se apagaron?

—Con el alternador... No... Es cierto, cuando se detuvo el motor, la batería tendría que haber seguido funcionando, y no lo hizo... ¡Claro que necesitamos velas! —dijo apresuradamente, para intentar hacer pasar por alto su descuido anterior. Ella sonrió en silencio.

—¿Dónde demonios venden velas a esta hora de la noche? —se preguntó después el hombre, confundido.

—¿En las estaciones de servicio?

—No... o puede que sí; algunas de ellas son verdaderos supermercados. Buena idea. Buscaremos una y entraré yo solo mientras tú te quedas escondida en el coche, vamos.

—Y procura que sea una gasolinera en la que el dependiente no tenga un televisor encendido, Greg.

Él no dijo nada, pero sintió un tirón en la boca del estómago al recordar la posibilidad de su imagen apareciendo en televisión, una posibilidad a cada instante más factible.

—Es mejor que cambiemos de automóvil inmediatamente, Iara. Esta matrícula y modelo ya tendrían que estar en la lista de toda la policía.

—Tienes razón... Ahí hay uno que parece bastante abandonado.

—¡Eso es un vejestorio!

—Mejor, porque su dueño no lo lamentará tanto como si fuese un modelo muy caro. Debido a eso hay menos probabilidades de que vaya desesperado a la policía, ¿no te parece?

—Teóricamente, tienes razón; en la práctica, nunca se puede estar seguro. ¿Sabes conducir?

—Claro. Me preparé bien para venir aquí.

Estacionó un poco más adelante del vehículo elegido y apagó las luces, no así el motor. Todo estaba en silencio en los alrededores.

—Entonces ve hacia aquel coche, ábrelo con tus poderes mágicos, échalo a andar, enciende las luces y sígueme.

—Está bien, pero tres cosas antes. Primero, no voy a salir tan tranquilamente sabiendo que los aviones están filmando toda la ciudad, así que usaré este paño para cubrirme. Segundo, no son poderes mágicos; por eso, deséame suerte. Tercero, si ese automóvil tiene alarma, estamos perdidos.

—¿Por qué? Basta con que cortes la electricidad...

—Sin electricidad no se moverá, y con electricidad y alarma, ésta sonará, así que debes estar preparado para salir huyendo en cualquier momento —dijo al descender, y caminó hacia el otro automóvil con la cabeza cubierta.

—Suerte —expresó Greg mirando su figura por primera vez desde la distancia. Allí descubrió que Iara tenía una silueta muy atractiva, y que caminaba de forma muy fina, femenina y sensual. Pero también comprendió que su aspecto era alarmantemente «extraterrestre», porque usaba un traje plateado de una sola pieza, ajustado en los puños y el cuello, igual que en las películas, y lo peor era que la parte de abajo se transformaba en algo parecido a calzado del mismo llamativo color, y eso era algo que él ni en las películas había visto, y con esa cabecita calva que incluso cubierta por un paño se delataba... Rogó que nadie la estuviese mirando, y no sólo por el sencillo hecho de que se disponía a robar un automóvil.

Cuando ella quiso abrir la puerta del auto, se desató todo el escándalo del mundo. Las luces del vehículo comenzaron a encenderse y apagarse, y estridentes alarmas sonaron.

—¡SOCORRO, POLICÍA, ME ESTÁN ROBANDO! —proclamaba a viva voz una grabación-alarma.

Iara cortó la electricidad de ese vehículo y entró en el automóvil conducido por Greg, que de forma inmediata había llegado a su lado. Salieron veloces como una exhalación. Las luces de algunas casas se encendieron y alcanzaron a escuchar que alguien gritó:

—¡DETENGAN AL LADRÓN!

Con el corazón agitado, dieron algunos rodeos, zigzagueando rápido entre calles oscuras. Después entraron en una vía rápida y se confundieron con muchos otros vehículos.

—¿Crees que nos hayan tomado la matrícula, Greg? –preguntó ella preocupada.

—Imposible. No encendí las luces hasta que estuve a bastante distancia, y el lugar estaba muy oscuro.

Ella suspiró con alivio.

—Menos mal... Pero esos aviones continúan rastreándolo todo.

—Y no tenemos más remedio que seguir en este mismo automóvil por ahora... Allí hay una estación de servicio que tiene una tienda. Agáchate.

Salió de la vía rápida y se dirigió a la tienda; pasó lentamente por el costado mientras observaba con atención hacia el interior. El dependiente, un joven, leía un periódico. Greg pensó que era un lugar adecuado. Estacionó en un sector retirado, descendió y le pidió a Iara que le deseara suerte.

—Toda la suerte del Universo.

Ingresó en la tienda.

Al verlo entrar, el muchacho abrió los ojos desmesuradamente y dejó el periódico de costado. Greg pensó que había sido reconocido, y que pronto se vería encañonado.

—¡Hey, hombre! –exclamó el joven.

«Y ahora agregará: "¡Tú eres el que toda la policía anda buscando!"», pensó Gregory Murdock.

—¡Estás todo mojado! ¿Te caíste a una piscina?

El fotógrafo sintió que su corazón volvía a su lugar, y recuperó el ánimo; incluso se atrevió a jugar un poco.

—Hace calor y quise refrescarme... Estoy bromeando, la verdad es que mi esposa me atacó con la manguera porque llegué con pintura de labios en la cara... Mujeres...

—Ja, ja, ja. Te salió barata. Una vez mi novia me atacó con una jarra llena, pero de pis, ja, ja, ja. Por allí atrás tienes de todo, pantalones, camisas, calcetines, de todo.

—Por ahora sólo necesito velas, socio.

—¿¡Velas!?

—Sí... eh... Ah, para ir a dormir al taller, porque allí está la luz cortada por la noche. En ese lugar tengo otras mudas de ropa, ando con poco dinero ahora.

—¡Velas! Tú lo que necesitas es una buena linterna, hermano. Aquí tienes una que está de oferta, tres dólares, con pilas y todo.

Se sintió perdido, pero tenía imaginación y se le ocurrió una idea salvadora:

—¿Sabes? En el taller hay muchas linternas, pero son muy poco románticas. –Se acercó al muchacho y le dijo de forma confidencial–: Me voy con la amiguita de la pintura de labios al taller... y con una botella de vino.

—¡Ah! Ja, ja, ja. Eso es transformar una desgracia en victoria, felicitaciones. Aquí tienes, un paquete de velas, un dólar, y allí atrás puedes escoger el vino que más merezca la ocasión y que el bolsillo soporte, ja, ja, ja.

Al acercarse al estante de los vinos, sobre el vidrio de un frigorífico vio el reflejo de unas balizas intermitentes que ingresaban en la estación de servicio. Se sintió desfallecer.

El coche se detuvo justo en la puerta de la tienda. Dos policías entraron.

Greg se ocultó descaradamente debajo de un perchero de camisas. Buscó algún objeto contundente para defenderse o agredir si fuese necesario, pero no encontró ninguno. Contuvo la respiración y escuchó:

—¿Alguna novedad?

—Todo bien por aquí hasta ahora, jefe.

—¿Has visto alguna mujer de apariencia muy extraña?

—¿Extraña cómo?

—No sé, simplemente extraña, no sabemos más. ¿Has visto alguna?

—Bueno, hace un par de horas apareció una gorda de unos setenta años vestida como si tuviera quince, ja, ja, ja.

—Olvídalo. Danos dos sándwiches de jamón y queso y dos latas de gaseosa.

—Aquí están. ¡Se le asomaban los rollos por todas partes! Ja, ja, ja.

—Si ves alguna tipa más extraña que ésa, avísanos.

—Seguro, jefe.

Los policías pagaron y se fueron.

Cuando la patrulla abandonó la estación de servicio, Greg se incorporó, escogió la primera botella de vino que tuvo al alcance de su mano y fue a pagar. El muchacho le miró con simpatía y dijo:

—¿Encontraste lo que perdiste bajo la percha de las camisas? Ja, ja, ja. No soy un soplón, ¿sabes? No me gusta darle más problemas a la gente que ya anda en problemas.

Greg se vio a sí mismo reflejado en aquel buen muchacho. Sonrió.

—¿Cómo te llamas?

—Tom.

—A mí tampoco me gusta hacer leña del árbol caído, Tom, y si yo viera una mujer muy extraña, procuraría ayudarla.

—Y yo también, sí señor.

Se chocaron las palmas al estilo popular. Pagó y se fue.

Cuando entró en el coche, ella lo abrazó con inquietud.

—¡Qué bien que estás a salvo! ¿Se fue la policía?

—Sí.

—¿No te vieron?

—No, me agaché al fondo de la tienda. El dependiente era un buen muchacho y no me delató. Por suerte todavía no han iniciado la búsqueda de este vehículo, o esos polis ya te habrían echado el guante. Pero no podremos continuar mucho más en él. Aquí están las velas.

—¿Y esa botella?

—Para que celebremos cuando llegue la ocasión.

Se abrazaron con entusiasmo, sintiendo un afecto recíproco que iba creciendo minuto a minuto.

Capítulo 10

Owen en
Camberra

Dos años antes. Congreso Internacional de Física de Camberra, Australia.

En su disertación, después de exponer los principios teóricos y experimentales en los que se fundamentaba su investigación acerca de una nueva y poderosa fuente de energía, someramente expuestos en su libro *Más allá del electrón*, el doctor Percival Owen explica a los congresistas las implicaciones que ese descubrimiento tendría para la humanidad del futuro:

—Una vez que perfeccionemos los métodos de canalización y redirección, gracias a esa fuente ilimitada de energía gratuita, de sencillo aprovechamiento y de cero contenido residual contaminante, se terminarán los principales problemas de la humanidad. Cada casa y cada vehículo, cada fábrica, podrá tener un receptor-convertidor capaz de transformar esa extraordinaria energía universal en electricidad, y un receptor-convertidor simple para una casa o un automóvil tamaño promedio se podrá construir en serie, a gran escala, por muy pocos dólares por unidad, y uno adecuado para las necesidades de una fábrica pequeña no costaría mucho más que un buen equipo doméstico de aire acondicionado. Un centro industrial de grandes dimensiones podría tener uno o varios receptores-convertidores por menos de lo que cuesta un automóvil de lujo. Y se terminarán así las represas, que tanto dañan a los ecosistemas; también será el fin de las centrales eléctricas, con el beneficio consecuente, porque ya vamos sabiendo los daños que causan al medio ambiente y a la salud humana, igual que los cables de alta tensión, que además tanto afean el paisaje. Fin de las peligrosas centrales atómicas, señores. Fin de los pozos petrolíferos, fin de la contaminación producida por los escapes de los automóviles y en gran medida por las chimeneas de las fábricas, fin de todos los lugares sin energía eléctrica del mundo. Atravesar un país en avión o automóvil será posible con prácticamente cero gasto de dinero en energía. Pasajes de avión de un continente a otro por pocos dólares. Fin de los tremendos gastos de energía para poner grandes pesos en órbita. Y eso no es nada, porque esos «haces de energía» no viajan a través del espacio, como las ondas eléctricas o de la luz, sino a través del tiempo, y lo hacen cruzando pliegues dimensionales. Esto les permite trasladarse de un rincón a otro del Universo en tiempo cero. ¿Qué significa esto en el terreno práctico de un futuro no lejano? Nada menos que comunicaciones y hasta viajes intergalácticos en tiempo cero.

El doctor Owen hizo una pausa para observar a su auditorio. Algunas miradas denotaban entusiasmo e interés, pero otras, en número creciente, iban mostrando el duro ceño del escepticismo.

—Y una cosa muy sorprendente. Ustedes no ignoran que nuestro extraordinario telescopio orbital Hubble nos muestra nítidamente el Universo, pero como éste era en el pasado, debido a que la luz viaja de forma relativamente muy lenta. Pues bien, ya tenemos los planos para un telescopio basado en esas ondas, y así podremos ver el aspecto REAL del Universo. A Andrómeda la vemos hoy como era hace un millón y medio de años gracias al Hubble, pero podremos verla tal como es AHORA, en este momento. Eso nos presentará todo un novísimo Universo ante nuestros ojos. ¿Pueden imaginarlo?...

Ese último ejemplo provocó mayor interés que los viajes intergalácticos en tiempo cero, porque aquella idea se adentraba demasiado en el terreno de la ciencia ficción para el gusto de los científicos. También esta otra, es cierto, pero contó con la ventaja de la sorpresa, ya que a muchos de los asistentes no se les había ocurrido jamás la idea de contemplar un Universo en tiempo presente.

—Y si nosotros estamos a punto de manejar esas ondas, extrapolando podemos presuponer que si existiesen otras civilizaciones en el Universo, más avanzadas, ya harían uso de ellas para sus sistemas de comunicaciones. ¿Durante cuánto tiempo hemos recurrido nosotros a las ondas de radio para nuestras comunicaciones? Apenas durante un siglo y poco más. Podemos presuponer entonces que toda civilización emplea sólo un siglo y algo más de su historia para pasar de las ondas hertzianas a estas nuevas ondas extradimensionales, y que después desecha definitivamente las anteriores, igual como nosotros desechamos el vapor y pasamos al petróleo y a la electricidad e incluso a la energía nuclear para mover motores. Sin embargo, hoy estamos apuntando nuestros radiotelescopios hacia el Universo en busca de señales de radio provenientes de otras civilizaciones. Esto tal vez equivale a buscar en el mar botellas con mensajes para encontrar rastros de otros pueblos...

Del público surgieron algunas risitas y un moderado aplauso.

—Quiero decir, por supuesto, que apenas contemos con el adecuado manejo de esa energía estaremos en condiciones de buscar de forma más coherente señales provenientes de otras civilizaciones, señales ACTUALES, tiempo cero, no residuos de milenios anteriores vagando por el espacio como fantasmas sin vida.

Un murmullo de aprobación se escuchó de parte de los asistentes.

—Pero todo, igual que la luna, tiene su lado oscuro. También he mostrado el increíble poder destructivo de esa energía si se la utiliza en ese sentido, y lo fácil que sería para cualquiera, digamos un grupo terrorista o un gobierno tiránico, emplearla para ese fin, porque aquí no haría falta ninguna tecnología sofisticada, ni agua pesada, ni uranio, ni radio, ni polonio.

Algunos científicos comprendieron las implicaciones de aquellas palabras, y no dejaron de imaginar las posibles consecuencias.

—Ya sabemos que toda energía, igual que un martillo o un cuchillo, puede ser utilizada para construir o para destruir, y si no se toman precauciones globales con este nuevo descubrimiento, podría significar *el-fin-de-nuestra-civilización* —dijo, remarcando las últimas palabras, y agregó—: Esa energía no puede llegar a ser controlada por ningún grupo, empresa, país o conjunto de países de manera exclusiva, porque dada la naturaleza actual humana, eso implicaría predominio, injusticia, violencia y tiranía sobre los sectores carentes de medios para aprovechar ese asombroso recurso. Pero como ya vimos que no es tan difícil alcanzar la tecnología necesaria para su manejo, apenas los demás sectores puedan conseguirla, el resultado podría ser la confrontación, y con esa capacidad destructiva tan inmensa... Pero mientras existan sectores de la humanidad que se sientan postergados, explotados y sometidos, el peligro existirá. Por eso no se puede pensar en manejar esa energía sin concebir antes un mundo más justo para todos, y sólo después de que eso se consiga, esa energía tendría que ser compartida y manejada por toda la humanidad de forma mancomunada, regulada y fraternal.

Algunos congresistas consideraron que el profesor comenzaba a alejarse de la realidad y a pensar en utopías.

—Eso, hoy nos parece un sueño imposible, y se debe a que desde el comienzo del mundo el hombre ha vivido en permanente com-pe-ti-ción con su semejante, con otras formas de vida y con la naturaleza misma, y por eso hoy creemos que es lógico que esa competición se prolongue indefinidamente, porque estamos convencidos de que somos criaturas competitivas y nada más; pensamos que si siempre lo hemos sido, siempre lo seremos, como si la competición fuera una ley de la naturaleza. Pero vamos a la raíz. Voy a intentar mostrar que la competición es necesaria y aplicable sólo en las etapas primitivas de la evolución humana, y que estamos por ingresar en una nueva etapa, en donde ya no será más necesaria, sino al contrario.

El interés del público se intensificó.

—¿Competición por qué? Por la ENERGÍA, señores. Por el mejor terreno de caza, para comer la carne de esos animales, extraer la energía de sus cuerpos y ser más fuertes y protegernos con sus pieles y seguir viviendo; competición por los mejores terrenos de cultivo, para extraer la energía de esos alimentos y seguir vivos; competición por la energía de la leña y combatir el frío; competición por el predominio sobre otros pueblos, para aprovechar su energía en favor nuestro, su fuerza muscular, sus recursos acumulados y también su conocimiento, porque el conocimiento es igualmente un fruto de la energía, y termina por convertirse en energía en sí mismo. El conocimiento es el resultado de la energía utilizada por cadenas de hombres trabajando en pos de un objetivo a lo largo de los años. Los países financian universidades, laboratorios, investigadores, y en el pasado también fue así, aunque de una forma mucho más rudimentaria. Y así surge el conocimiento, que proviene de una inversión de energía y se transforma en más energía.

El profesor Owen tomó un sorbo de agua y continuó:

—El zorro no teme al conejo, porque tiene mayor energía que éste, pero sí teme al lobo, porque el lobo tiene mayor energía que el zorro. Los países se arman, y aquellos que tienen mayor energía destructiva —gracias a una mayor cuota de energía previa llamada conocimiento, o tecnología, o poder bélico, o dinero, o todo ello junto— inspiran mayor respeto o temor a sus vecinos y pueden imponer sus condiciones. Y así en todos los terrenos y a lo largo de toda nuestra historia. Todo ha sido competir y competir para intentar obtener una mayor cuota de energía, para sobrevivir en mejores condiciones, sea en la guerra, sea en los negocios, sea en la captación de más fieles para las religiones, sea en adelantarnos a otros en la ciencia. Y toda la energía en este tiempo se traduce en dinero, porque el dinero no es más que energía potencial acumulada. Pero ¿qué pasaría si de pronto la energía se vuelve más fácil de obtener? ¿Qué pasaría si de un momento a otro se volviese I-LI-MI-TA-DA?...

Un rumor se extendió por toda la sala, porque nadie dejó de comprender que un hecho así, a pesar de su aparente bendición, causaría un descalabro mundial. Todos los grupos poderosos, sean países, empresas o de otro tipo, perderían su predominio, y la economía mundial tendría que ser reinventada... si es que quedaba piedra sobre piedra, porque los sectores de poder no iban a soltar tan fácilmente sus privilegios...

Owen continuó:

—Tal vez pensemos que por más energía que tengamos a la mano, la producción de alimentos no aumentará demasiado, porque la tierra no hará madurar más rápido el trigo ni la vaca crecerá en menos tiempo, ¿verdad? Pues no, sí que habrá mayor producción de alimentos al haber mayor disponibilidad de energía, porque con mayor tecnología barata y de cero gasto en combustible y menores inversiones en los transportes, más tierras se cultivarán en el mundo, y, aprovechando las nuevas conquistas en el campo de la genética, sus productos se harán cada vez más abundantes, accesibles y de mejor calidad, y lo mismo sucederá con respecto la cría de animales, y también, señores, con respecto a toda la producción mundial en todos los terrenos. ¿Escasez de tierras para vivir? Ya no más, porque con más disponibilidad de energía para crear frío donde hace calor, y calor donde hace frío, y agua dulce donde sólo hay agua salada, se podrá regar los resecos desiertos, y los territorios helados se convertirán en protegidos vergeles de clima controlado que atraerán a grandes contingentes humanos y que generarán más productos y más alimentos para la humanidad. Y esto a la larga significará la completa desaparición de la pobreza en el mundo, y con ella, desaparecida la necesidad de competir salvajemente por la energía en todas sus formas, la guerra ya no tendrá razón de ser.

La sensación general de los asistentes mayoritariamente iba tendiendo hacia la idea de que Owen debería dedicarse a escribir novelas de socio o ciencia ficción.

—Por supuesto, señores, no es fácil manejar algo así. Estamos ante las puertas del paraíso, no sólo con respecto a una fuente ilimitada de energía; también los descubrimientos genéticos nos anuncian un futuro sin enfermedades y con posibilidades insospechadas de prolongación de la vida humana, es decir, estamos entrando en terrenos sagrados, pero no podemos manipular lo sagrado sin un profundo cambio interior a nivel individual y planetario. Si no nos preparamos internamente para merecerlo, desde el fondo de nuestras inteligencias y corazones, ese paraíso posible podría transformarse en nuestro infierno y en nuestra fosa común, porque no podemos afrontar el futuro desde esquemas mentales del pasado. Desde los tiempos de las cavernas hasta nuestros días hemos necesitado echar mano de nuestro espíritu de competición y de nuestro egoísmo para sobrevivir, debido a la escasez de recursos o energía. Hemos tenido que ser egoístas para no sucumbir, para que no nos mate la naturaleza o el hombre, y mientras más egoístas y despiadados hemos sido, más fácil nos ha resultado el predominio y la supervivencia de nuestro grupo, y por eso la solidaridad siempre ha sido mirada con los ojos de la sospecha.

Owen dejó de lado los papeles que estaba leyendo, se puso de pie, apoyó las dos manos sobre la mesa y mirando fijamente al público dijo:

—La Ley de Evolución Universal es una realidad, y ella también se refiere a nuestra especie, por supuesto, pero no es algo meramente biológico, ya que atañe a todas las áreas de nuestra existencia. Estamos ante las puertas de todo un salto evolutivo a nivel global, pero para poder realizarlo de buena manera es imprescindible que comprendamos que no debemos regirnos más por las leyes que regían la supervivencia en nuestra etapa evolutiva anterior. De ahora en adelante debemos dar paso a otras fuerzas que, aparte del espíritu de competición y el egoísmo, también anidan en nuestros corazones, pero en una dimensión más elevada, más evolucionada, y me estoy refiriendo a valores como la solidaridad, el espíritu de cooperación, la generosidad, la bondad y el altruismo. Debemos pensar en construir otra clase de mundo, ya no más fundamentado en los valores inferiores del ser humano, como el mundo de hoy, sino basado en los supremos valores que anidan en el alma humana. Sólo así mereceremos el paraíso sin caer de él. Buenas noches y muchísimas gracias.

Los congresistas aplaudieron, pero olvidaron rápido aquella intervención. Eso se debió a algo que fue considerado como un error cometido por el profesor Owen, y que consistió en salirse del terreno concretamente científico para pasar a considerar asuntos morales, rayanos en lo místico, cosa que suele exasperar al pensamiento racionalista, que no por nada ha dejado de lado el oscurantismo medieval, dando lugar al Renacimiento y al imperio de la luz de la razón. Las alusiones utópicas o futuristas tampoco fueron del agrado de aquellos espíritus realistas y pragmáticos, y por ello, muchos consideraron que Owen se inclinaba peligrosamente hacia el personaje del «iluminado». Fue por ese motivo, sumado a su negativa a querer aportar datos más claros acerca de aquella supuesta «energía extradimensional» —aduciendo la necesidad del secreto para que ese conocimiento no cayese en malas manos—, por lo que aquellas declaraciones suyas no calaron hondo en el mundo científico y ninguna entidad particular o gubernamental se sintió motivada a echar un segundo vistazo al asunto, a pesar del apoyo que Owen recibía de parte de Inglaterra para sus investigaciones, lo cual no era ninguna novedad. Como dijo alguien alguna vez, «el inglés finge que usa el paraguas contra la lluvia, aunque en realidad lo lleva como amuleto».

Pero Michael Jefferson Robb, presente en aquel congreso, estaba muchísimo más empapado en la materia que todos los demás asistentes. Por eso respiró con alivio cuando comprendió que los aspectos de corte ético y utópico puestos de relieve en la exposición de Owen habían logrado opacar, deslucir y descalificar su contenido científico, y se alegró por ello. Mientras menos gente husmease en ese terreno, tanto mejor.

Allí justamente fue cuando decidió que era el momento de ir creándose una organización capaz de manejar y controlar esa energía apenas dejase de ser una teoría, algo que estaba mucho más cerca de ser una realidad de lo que Owen quiso confesar abiertamente en el congreso y en su libro.

Si lograba hacer bien las cosas, en un par de años podría concretar el desafío que se había propuesto mucho tiempo atrás, cuando descubrió que sus facultades intelectuales eran muy superiores a las del promedio, y que la eficiente preparación que recibió en la Escuela de las Américas, en el ITM y en la CIA le habían transformado en un hombre preciso, autoritario, eficiente, fuerte y seguro, exento de escrúpulos éticos o emocionales, atemorizador, todo lo cual era una gran ventaja en la obtención de cualquier meta. Y decidió que estaba plenamente capacitado para dominar todo el mundo, un mundo constituido por idiotas y por débiles en su inmensa mayoría, y que si no lo lograba, él mismo sería un idiota, y así no valía la pena vivir, y se liquidaría. Estaba programado para el éxito y no para ser un perdedor.

La presidencia de su país era algo demasiado sencillo e inútil para su gusto. «*Un presidente es un monigote, un títere del Congreso y de otras múltiples fuerzas internacionales*», se dijo. Eso no era para él, que tenía que demostrar ante sí mismo que su cerebro funcionaba con precisión y efectividad de clase A1.

Para concretar ese desafío le bastaría con crearse una poderosa organización clandestina y ambiciosa, y echar mano de aquella tecnología antes que nadie. Su cargo en la CIA le iba a ser muy útil. Después sería cosa de preparar un ataque simultáneo a los principales centros de poder de todo el planeta para demostrar que no estaba bromeando, como hizo Hitler al invadir Polonia en 1939, o los Estados Unidos en Hiroshima y Nagasaki en 1945, y después, a dirigir a un mundo de idiotas, a demostrarse que él era el más capaz.

También consideró que sería muy beneficioso encontrar un chivo expiatorio, un «enemigo malo» que justificase ante los ojos de la humanidad tal ataque y la manutención posterior de un sistema dictatorial en el mundo.

¿El terrorismo internacional? Tal vez, un terrorismo que él mismo iría ayudando a fomentar mediante su propia organización, si el que existía realmente en esos momentos en el mundo no aumentaba su poderío con el tiempo.

O con suerte aparecería alguna otra «amenaza» para el planeta, y entonces él se erguiría como el defensor de la humanidad. Los extraterrestres, reales o no, eran un delicioso aliado que había que tener en cuenta. El tiempo diría. Y si no conseguía ningún chivo expiatorio, no importa, dominaría el mundo por las malas si era necesario.

¿Informar a sus superiores de la CIA acerca del avance real de las investigaciones de Owen? Sólo a medias, sólo lo indispensable para continuar en su puesto, guardándose para sí lo medular.

Con un puñado de «socios» influyentes en el gobierno y en el narcotráfico no habría límites para sus posibilidades. Y él ya tenía tratos con algunos. Limpiar datos acerca de narcotraficantes importantes en el interior del FBI ya les estaba reportando excelentes beneficios a él y a sus contactos en el interior de ese organismo.

Dejó de aplaudir a Owen, cosa que hacían los demás —muchos sólo por cortesía–, y se frotó las manos.

Capítulo 11

En el interior
de la tienda

Estacionaron el vehículo en un callejón oscuro, cerca de una puerta lateral de una gran tienda.

Cuando apagaron el motor y las luces, antes de proceder a salir, ella preguntó:

—Supongamos que nos va bien y conseguimos todo lo necesario. ¿Y después qué?

Greg comprendió que efectivamente no tenían ningún plan que seguir.

—Tienes mucha razón. ¿Después qué?...

—Busca en tu mente. ¿Algún familiar o amistad útil?

—¿Familiares? Mi madre vino de Irlanda conmigo en el vientre, fui su único hijo y se retiró pronto de este mundo, no recuerdo nada de ella. No sé quién fue mi padre. Crecí en un orfanato.

Iara lo abrazó conmovida.

—¡Hey, no me compadezcas! –dijo riendo–. Nada es mejor que ser libre como el viento y no tener ataduras. Alguien dijo por ahí que «no hay peor cuchillo que la familia». Para mí es una suerte no tener ni ataduras ni ese tipo de cuchillos en mi vida, nena.

Ella captó que esas palabras sólo pretendían ocultar una pena, incluso ante sí mismo, y se sintió más conmovida aún, pero disimuló.

Él continuó pensando. A su cabaña no podría volver. Revisó mentalmente su lista de escasas amistades. No. La policía ya tenía su agenda, y se estaría controlando sus teléfonos y sus casas. Ir donde cualquier amigo era echarse la soga al cuello. Entonces se le vino a la memoria un amigote que conoció hacía poco en un bar durante una noche de juerga, y que le invitó a continuar bebiendo en su casa cuando cerraron el establecimiento. Recordó que despertó en un sillón y que vio al amigo durmiendo en otro. No quiso molestarlo, salió de la casa, tomó su auto y volvió a su cabaña, no sin antes dejarle escrita en un papel la palabra «gracias», su teléfono y su nombre: «Greg». A los pocos días ese amigo le llamó desde el aeropuerto; salía para África por un mes. Dijo que a su regreso le llamaría para tener alguna juerga nuevamente un fin de semana, y para relatarle sus experiencias en Tanzania.

Le contó la historia a Iara.

—¿Entonces no anotaste su teléfono en tu agenda?

—No, no me lo dio, no lo consideramos necesario, puesto que él salía de viaje. Va a llamarme a su regreso.

—¿Y por qué me cuentas esos sucesos entonces?

—Porque recuerdo exactamente dónde queda esa casa, que ahora está deshabitada… No es demasiado lejos de aquí. Es cosa de entrar y tomar prestado su automóvil…

—¡Magnífico, Greg! Entonces nos llevaremos su coche. Es lamentable tener que molestar a tu amigo o a la empresa de seguros, que pagará ese vehículo si lo perdemos, y también lo que saquemos de la tienda; pero no tenemos más remedio. Estamos luchando por el bien de esta humanidad.

—¿Lo estamos?

—Pronto verás que sí. Lo intentaremos al menos; lo que no sé es si podremos hacer algo...

—No importa, la intención es lo que cuenta. Bien. Luego de aquí iremos a esa casa, y podremos quedarnos allí unos días... –propuso Greg melosamente, vislumbrando una serie de posibilidades más atractivas que andar huyendo por la vida.

—No es posible. Tenemos que intentar salir de Denver cuanto antes, y cuando estemos lejos, entonces sí que podremos descansar y recuperar fuerzas, y después tendré que hacer lo que debo hacer. Si todo sale bien, más adelante vendrá mi gente a buscarme, y colorín colorado.

Sólo entonces él comprendió que ella no estaría eternamente a su lado. Había venido para hacer algo, y después se iría, y él se quedaría sin su compañía. Sintió un dolorcillo en el pecho.

—Todavía no me lo has dicho: ¿qué viniste a hacer a este mundo?

—Es una historia larga. Pronto te la contaré.

—Y después, te irás...

Ella le miró con cariño. Una leve señal de tristeza pareció mostrarse en sus ojos. No dijo nada durante algunos momentos, y después expresó:

—Ya hablaremos de eso.

Greg se resignó, y decidió enfocar su mente en lo inmediato.

—De acuerdo. Entremos ya en la tienda y después vamos a visitar la casa de mi amigo.

—Pero hay un problema —expresó Iara—. Si se descubre nuestro paso por este establecimiento, a la policía le bastará con ver las grabaciones que realizaron los aviones. Rastrearán qué automóvil anduvo por aquí, adónde se detuvo y para dónde se fue. También se podría retroceder la película e ir viendo de dónde vino, por todos los lugares que pasó, la estación de servicio y la casa de la piscina. Y si de aquí nos fuésemos directo a la casa de tu amigo, eso será perfectamente rastreable.

Greg se hundió en el asiento y tragó saliva. Comprendió lo que eso significaba y dijo:

—Y también pueden comenzar el rastreo desde la casa de la piscina en adelante... y si son eficaces en su trabajo, podrían aparecer por aquí en cualquier momento...

—No te preocupes, creo que eso no lo harán hasta que los primeros aviones enviados a la zona cumplan con sus horas de vuelo estipuladas, y todavía ha pasado muy poco tiempo. Además, el análisis de esas grabaciones y su empalme con el material de otras zonas, eso no es algo que se pueda efectuar rápidamente.

—Imagino que así será, pero ya comprendí que no podemos salir directo de aquí a la casa de mi amigo.

Iara bajó la visera frente a ella para ocultar en parte su rostro y se puso a observar el movimiento de las aeronaves durante varios minutos. Finalmente explicó:

—Cada una de ellas tiene asignado un sector específico de la ciudad, y ese avión que está allí arriba es el que nos filma a nosotros en este momento. Y por eso justamente no tengo la menor intención de asomar mi rostro para mirarlo ni lo he hecho en toda la noche.

—¿No podrías sacarlo de en medio por algún tiempo con tus poderes?

—Ya sabes que no puedo poner en peligro a sus tripulantes, pero sí puedo ocasionarle pequeños cortes de energía, interrupciones constantes, no como para que caiga, pero sí como para que vuelva asustado a su base. ¿En cuánto tiempo podremos llegar desde aquí a la casa de tu amigo?

—En unos diez o doce minutos.

—Perfecto, creo que eso puede involucrar a dos o tres sectores de los que tiene asignado cada aeronave; sacándonos de encima a los aviones de esos sectores podremos llegar a esa casa sin ser filmados.

Greg se animó.

—Eso sería magnífico.

—Lo intentaremos después de dejar este lugar... si es que logramos entrar en la tienda... y salir...

Ella se cubrió la cabeza y descendieron. Puso la mano sobre un contador de luz. Se sintió el apagarse de algunos motores de aire acondicionado y varias luces dejaron de alumbrar. Iara abrió la puerta simplemente tirándola hacia ella. Entraron —todo estaba oscuro— y cerraron.

La mujer le dijo en voz baja:

—Esperaremos aquí unos minutos para ver si hay algún movimiento dentro. Podría haber algún guardia; de haberlo, intentará encender su linterna y no podrá hacerlo; entonces andará trastabillando por ahí. Pero si no hay nadie, no habrá ningún sonido. Esperemos antes de encender la vela.

Permanecieron con los oídos atentos. No se escuchaba el menor movimiento.

—Ahora puedes encenderla, Greg.

Fue entonces cuando él comprendió con horror que no tenía fósforos ni encendedor, y se lo hizo saber.

—Fui un estúpido, un imbécil. Por primera vez en mi vida me arrepiento de haber dejado de fumar. Ahora tendremos que volver a esa estación de servicio...

—No, espera. Intentaré encenderla yo. Dámela.

—¿Tienes fósforos o algo así? —preguntó él mientras se la alcanzaba.

—No, pero si me concentro, tal vez me resulte. Aquí está la mecha, bien. No digas nada durante unos segundos.

Instantes después, Greg vio surgir unas chispitas en la oscuridad. Bajo esa débil luz pudo distinguir que ella tenía la vela aferrada con sus dos manos, frente a su rostro, y que sus ojos estaban cerrados. Las chispas aumentaron en cantidad y finalmente surgió una llama, y todo se iluminó.

—¡Eres fantástica!

—Estas sencillas cosas nos las enseñan a hacer en la escuela.

—Aquí nos enseñan a pensar que si alguien cree que eso es posible, está loco...

—En mi mundo estamos todos mal de la cabeza; por eso podemos hacer estas locuras —expresó sonriendo.

Encendieron otra vela con la primera y vieron que estaban en el costado de un gran depósito que tenía muchísimas cajas de cartón con mercancías variadas. Buscaron el acceso hacia el sector de ventas y lo encontraron, ingresaron por un pasillo, abrieron una puerta y aparecieron en un recinto en el que se exponían cortinas, alfombras y telas. Avanzaron un poco y llegaron a la sección muebles; más allá, al fondo, vieron la entrada al sector supermercado. A la izquierda, regalos, y a la derecha, ropa. Él quiso ir allí inmediatamente, pero ella le hizo ver que si no conseguían pronto candeleros para poner las velas se iban a quemar las manos con la cera derretida. Entraron entonces en la sección regalos y pronto tenían las velas instaladas en sendos candeleros; después se dirigieron hacia el sector de confección.

Greg quiso cambiarse allí mismo, pero Iara recomendó seguir con la ropa que tenían puesta –ya la del fotógrafo estaba seca.

—¿Quieres que salgamos a la calle vestidos igual que ahora?

—Sí, pero con una buena provisión de ropa y alimentos. Nos cambiaremos en la casa de tu amigo.

—¿Y por qué no lo hacemos ahora mismo?

—Para no darles pistas acerca de nuestra nueva apariencia a esos aviones cuando salgamos de aquí.

—Claro, tienes razón.

—Debemos dejar todo muy ordenado para que el lunes, cuando abran, no quede la menor señal de que alguien anduvo por aquí. Lo van a descubrir de todas maneras, pero cuanto más tarde, mejor.

—De acuerdo, Iara.

Más adelante encontraron algunas pelucas. Cuando ella se probó una de cabello corto, él la observó y tuvo una idea.

—Pareces un muchacho, y eso es magnífico.

—¿Por qué?

—¡Porque buscan a una mujer!...

Ella comprendió que esa idea había sido en realidad brillante.

—¡Galáctico! –exclamó.

—¿Galáctico?

—Perdón. Es una expresión juvenil de mi mundo. Quiere decir fantástico o algo así.

—Nada más galáctico que tú entonces.

—Gracias, tú también.

Después, cuando se probaba alegre algunas vestimentas, Greg se entusiasmó.

—¡Todo gratis, Iara!... Todo sea por el bien de la humanidad, ja, ja, ja.

A ella no le hizo gracia el aire socarrón empleado por él, pero no dijo nada.

En dos maletas tamaño mediano iban guardando lo que necesitaban. Ella escogía sin mucho entusiasmo aquello que podría utilizar un chico de quince años.

—Yo no voy a usar calzoncillos....

Él rió.

—No, claro que no, no me gustaría verte así. Por debajo de la ropa de chico puedes llevar lo que mejor te acomode, por ejemplo esto —dijo, alcanzándole una prenda íntima de color rojo encendido.

—No, gracias... En mi mundo usamos tonos mucho menos escandalosos —expresó, guardando unas prendas blancas y otras color gris perla en la maleta.

—En fin, no importa lo de fuera sino lo de... dentro —opinó él y ambos sonrieron. Greg escogió lo necesario como para una semana y para diversas ocasiones.

—Nunca he usado frac. ¿Cómo me quedaría éste? Lo que más me gusta es su precio...

—Olvídalo. No iremos a ninguna fiesta. Procura más bien llevar ropa cómoda, que te facilite los movimientos.

—¿Por qué?

—Porque somos prófugos...

Después de pensar unos instantes, él murmuró:

—Aguafiestas...

Después se dirigieron al supermercado. Se hicieron con un carrito de compras para ir guardando allí víveres diversos, y también artículos de aseo personal.

—Nunca me había gustado ir al supermercado, pero con estas rebajas... —manifestó Greg, echando provisiones al carrito.

—Mientras menos nos expongamos comprando en tiendas por ahí, mejor. Sólo nos faltan documentos, Greg.

Él consideró que en aquel establecimiento debía de existir algún lugar con documentos extraviados. Se dirigieron hacia las oficinas. Iara pudo abrir y cerrar fácilmente cajones de escritorios y gavetas de archivos que estaban bajo llave. Las etiquetas de las carpetas iban por orden alfabético. Greg buscó una que dijese «documentos extraviados» y apareció. Allí había una gran cantidad de documentos de identificación personal, licencias de conducir y tarjetas de crédito. Registraron hasta que encontraron una licencia cuya foto se parecía a él, pero tendría que afeitarse el bigote y ponerse gafas.

—Tanto mejor, por si ya anda mi foto por ahí –opinó, y ella estuvo de acuerdo.

—Ahora seré Lawrence Elliot Peterson, alias Larry.

—Mucho gusto, Larry. ¿Y yo qué documentos voy a usar? –preguntó Iara.

—Por aquí hay un carné de estudiante. Creo que podrías pasar por el chico de la foto, aunque tus ojos son más grandes.

—Me verán una mirada adormecida si es necesario.

—Bien, y tendrás que buscar una peluca de pelo negro y corto como aquella que me mostraste antes.

—¿Así está bien? –preguntó ella cuando se puso la peluca que extrajo de la maleta.

—Sí, sólo que tienes el pelo más largo que en la foto...

—Me creció, Larry.

—Claro, y con una gorra encima quedarás perfecto, querido sobrino David. ¿Te gusta el béisbol?

—Sí, tío Larry. Me gustan los Orioles.

—¡Traidor! Yo soy de los Mets.

Instantes después, Iara le preguntó:

—¿Tienes dinero?

—En efectivo muy poco, pero tengo algo en el banco. Con mi tarjeta puedo extraer de cualquier cajero automático.

—Ni lo sueñes.

—¿Por qué?

—¿Para que sepan exactamente en qué ciudad del país y en qué barrio estás? Si Robb es tan listo como parece, no alcanzarías a alejarte ni diez metros del cajero y ya estaría allí la policía.

—Vaya... Claro, ni se me había ocurrido pensar en eso... Eres muy inteligente...

—No, Greg; tengo entrenamiento. Vamos a necesitar dinero en efectivo.

Él recordó algo y se le aceleró el corazón.

—¿Puedes también abrir puertas de... cajas fuertes?...

—Por supuesto.

Buscaron hasta que apareció el objetivo.

Ella extendió la mano y tocó el acero; se sintió como si un cerrojo se corriese. Tiró el pomo hacia ella, y la caja se abrió suavemente.

Allí habría unos diez mil dólares en billetes, muchísimos envoltorios cilíndricos que contenían monedas y multitud de cheques y otros documentos, pero ella sólo quiso extraer cerca de tres mil, la mayor parte en billetes de veinte dólares o menores.

—¿Por qué tan poco?

—No se debe abusar.

—¿Y si necesitásemos más?

—Habrá más cajas fuertes por ahí.

—Espero que tengas razón...

Cerraron, movieron la rueda de la combinación, borraron las huellas y se retiraron.

—Por el bien de la humanidad —expresó con jocosidad el hombre. Ella le miró fijamente.

—Basta ya de ese tonito irónico, Greg. Estamos metidos en un asunto de vida o muerte, y de repercusiones planetarias e interplanetarias, por si no te has dado cuenta.

Él comprendió que había sido un torpe.

—Discúlpame, por favor. Tienes razón.

Antes de salir, Greg consiguió unas gafas parecidas a las del hombre de la foto de su licencia, pero casi sin aumento.

—¿Qué tal?

—Perfecto. Ahora sólo te falta afeitarte el bigote.

—Claro, y a ti una buena gorra; por allí hay algunas.

Cuando estuvieron aprovisionados de todo lo necesario, se dirigieron hacia la salida de la tienda con las dos maletas, una de ellas montada sobre el carrito de los víveres, tirado por él, la otra, de ruedas, tirada por ella.

Equivocaron el rumbo y de pronto sintieron un ruido ronco a poca distancia, como el gruñido de un perro. Si ella hubiera tenido cabellos se le habrían erizado. Los de él sí que lo hicieron. Dejaron de respirar y se quedaron quietos, inmóviles, congelados.

Instantes después comprendieron que lo que escuchaban era el ronquido de alguien que dormía. Un poco más allá divisaron unos brillantes zapatos negros, unos calcetines del mismo color, unos pantalones azules con una línea blanca vertical en los costados. Cubrían a unas piernas estiradas; vieron un revólver junto a una cintura ancha, unas manos cruzadas, una panza, una camisa gris, una corbata azul, una boca abierta, unas gafas, unos ojos cerrados y una gorra. En definitiva, un guardia que dormía en una silla con las piernas estiradas y las manos sobre el vientre.

El hombre se movió, tuvieron un sobresalto y apagaron sus velas de un soplido casi silencioso. Hubieran querido hacerlo apretando la mecha para emitir menos ruido aún, pero ambos tenían la otra mano ocupada. Las mechas de las velas mostraban dos brasas que no querían apagarse del todo. Si el hombre despertaba pensaría tal vez que lo miraban los dos ojos luminosos y rojos de algún espectro. Las mechas comenzaron a crepitar y -

chisporrotear y... se encendieron nuevamente. Eran ese tipo de velas que vuelven a encenderse solas, porque no llegan a apagarse del todo a menos que se extinga bien la mecha, oprimiéndola.

Horrorizados, ambos volvieron a soplar, no sin antes alcanzar a ver que el guardia esta vez los miraba con los ojos muy abiertos, y después otra vez la oscuridad total. El hombre se movió, ellos pensaron que tal vez se incorporaba o extraía su revólver. No pudieron hacer otra cosa que permanecer inmóviles allí, con el corazón y el estómago apretados, viendo como las mechas nuevamente comenzaban a arrojar chispas, hasta volver a encenderse. Y esta vez, sintiéndose impotentes, comprendieron que no sacarían nada con volver a apagarlas. Greg se preparó para defenderse, para atacar si fuese necesario. La adrenalina circulaba por todas sus células, pero el guardia seguía durmiendo, ahora vuelto hacia el lado contrario, con las piernas algo recogidas. Se quejaba y gemía como un bebé.

No era para menos, considerando aquella pesadilla que había tenido, en la que un par de espectros —uno de ellos con rostro de mujer y perfectamente calvo, de plateadas y fantasmales vestiduras—, portando dos cirios mortuorios, se le aparecieron en plena oscuridad y le miraban fijamente. Eran horripilantes a la luz de esas movedizas llamas alumbrándoles el rostro desde abajo.

Lentamente comenzaron a caminar hacia atrás midiendo cada paso y cada respiración. Se alejaron, se alejaron, siempre retrocediendo, y cuando salieron de ese recinto en el que habían accedido equivocadamente, se dieron la vuelta y comenzaron a caminar silenciosamente hacia la verdadera puerta por la que habían entrado.

Un poco más allá casi sufren un infarto: en el cielo raso de la tienda vieron los reflejos de centelleantes balizas de radio patrullas. Todo indicaba que había varias de ellas en la entrada principal.

—O saben que estamos aquí, o les llamó la atención que no hubiese luz en la tienda. Vamos rápido hacia el coche —susurró ella.

—Y esperemos que no haya patrullas en el callejón...

Abrieron sigilosamente la puerta trasera. No se veían reflejos de balizas. Respiraron con alivio. Iara volvió a cubrirse la cabeza y salieron. Cerraron la puerta. Guardaron nerviosamente las maletas y el contenido del carrito en el maletero y entraron en el vehículo.

—¿Vas a restablecer la electricidad ahora?

—No.

—¿Por qué?

—Las alarmas podrían sonar...

—Tienes razón... Dejemos todo así y vámonos.

Greg encendió el motor, no las luces, y arrancó.

No sabían si al salir del callejón se encontrarían con la policía; lo que sí sabían es que al llegar a la calle del final del callejón doblarían hacia el lado contrario a la entrada principal de aquella tienda, y así lo hicieron, y no se encontraron con patrullas. Greg encendió las luces.

Se sintieron menos tensos mientras se alejaban a velocidad moderada.

—¿Y cuándo devolverás la electricidad a esa tienda?

—Ahora mismo —dijo ella mientras se llevaba los dos dedos índices a las sienes y cerraba los ojos, bajando un poco la cabeza. En ese instante escucharon las fuertes alarmas. Poco después, desde todas partes comenzaron a sonar las sirenas de autos policiales acercándose. Greg estacionó donde pudo y apagó las luces.

—¡Agachémonos!

Por el costado sintieron pasar varias patrullas dirigiéndose velozmente hacia la tienda. Cuando todo se calmó, se incorporaron. Echaron a andar y se alejaron de allí.

Una vez que estuvieron bastante lejos, ella le pidió que estacionase; él lo hizo.

—Bien, Greg, vamos a quitar de en medio al avión que va escaneando esta zona. ¿Por dónde anda?

Él asomó la cabeza y lo encontró.

—Por allí —dijo, señalando hacia un lugar del cielo.

—No lo pierdas de vista... si es que puedes, porque sus luces se van a apagar. —Iara cerró los ojos y se concentró. Pronto Greg vio que las luces de aquel avión se extinguían.

—Lo perdí de vista.

—Ahora búscalo de nuevo.

—¡Allí está!... ¡Y ahora se volvió a apagar!

Y así sucedió varias veces, hasta que el avión se alejó de la zona definitivamente.

—¡Se va de vuelta a la base, bien! —la felicitó.

—Perfecto, y ahora que nadie filma esta área, vamos a la casa de tu amigo, Greg.

—Señor Robb, el avión del sector J-16 debe intentar regresar a la base y aterrizar. El flujo eléctrico de esa unidad se interrumpe continuamente.

—Bien, Stemberg, que regrese, no podemos perder el material grabado que hay en ese avión.

El alto oficial pensó: «Pero la vida del piloto le interesa un rábano», y dijo:

—Sí, señor.

—Mande una unidad de reemplazo a la cuadrícula J-16, Stemberg.

—De acuerdo, señor, pero tardará por lo menos quince minutos en llegar.

—¡Demonios! ¿Es que no hay más que tortugas en este país?

Minutos después, otro avión, el de la cuadrícula J-17, informaba acerca de un fallo similar y también regresaba a la base.

—¡¡¡Esa marciana hija de perra es la culpable!!! ¡Vamos a rastrear cada casa, cada centímetro del área J-17!

—J-18, señor Robb, el avión de ese sector también está fallando y debe regresar.

—¡Recontrademonios! ¡Ponga toda la ciudad bajo estado de sitio, Walters, que todo el que entre o salga por tierra o aire sea registrado, especialmente las parejas. Traiga tropas del ejército para revisar cada casa de la cuadrícula J-18. Ordene que toda anomalía eléctrica en vehículos de las fuerzas armadas y de seguridad sea informada, y también apagones de cualquier clase en cualquier parte!

—De acuerdo, señor, pero una operación como ésa sólo podrá ser llevada a efecto plenamente mañana...

—¡Que comiencen ahora mismo, Walters, o le denunciaré ante la presidencia como inepto!

Antes de ingresar en la casa, Iara se concentró en el avión de la cuadrícula J-19, que se encontraba bastante lejos, pero de todas maneras pudo dejarlo fuera de combate.

—Ese avión no filmaba esta zona, Iara...

—No, pero eso hará que Robb concentre su búsqueda en ese sector y no en éste.

Greg se sorprendió.

—¡Admiro tu privilegiada cabecita!

—Mi entrenamiento, Greg, mi entrenamiento. Entremos en esa casa.

Por un altavoz alguien le dijo a Robb:

—Viene llegando el informe de un apagón en la tienda Holly's. La luz se fue sin causa aparente y retornó de la misma forma hace unos minutos.

El hombre calvo saltó en su asiento.

—¿Y QUÉ DEMONIOS VENDEN EN ESA TIENDA?

—De todo, señor, vestuario, alfombras, telas, víveres y ropa.

—¿Y PELUCAS TAMBIÉN?

—De todo.

—¿EN QUÉ CUADRÍCULA QUEDA ESA MALDITA TIENDA?

—En la J-16, señor Robb.

—¡PERFECTO, COINCIDE! QUE DESPIERTEN A LOS ADMINIS-TRADORES DE LA TIENDA Y QUE COMIENCEN A HACER UN INVENTA-RIO AHORA MISMO. QUE NOS INFORMEN EXACTAMENTE QUÉ PREN-DAS DE VESTIR FALTAN ALLÍ, DE QUÉ COLOR Y TAMAÑO, IGUAL CON RESPECTO A PELUCAS, GAFAS, LENTES DE CONTACTO, ZAPATOS Y TODO LO QUE PUEDAN ECHAR DE MENOS. DÍGALES QUE SE FIJEN ENTRE LOS DOCUMENTOS EXTRAVIADOS PARA VER SI FALTA ALGO, Y QUÉ EXACTA-MENTE. Y QUE VEAN SI LES FALTA DINERO Y DIGAN CUÁNTO, EN QUÉ TIPO DE BILLETES, Y QUE NOS DEN LA NUMERACIÓN SI LA TIENEN.

Por un altavoz le llegó una nueva noticia:

—El avión de la cuadrícula J-19 acaba de quedar inutiliza-do también, señor.

—¡MARCIANA MAL PARIDA! ¡CONCENTREN LA BÚSQUEDA EN LA CUADRÍCULA J-19!

—¿Nos olvidamos de la J-18 entonces?

—NO, ESA PERRA ES MUY ASTUTA, PERO DENLE PRIORIDAD A LA J-19.

Gracias a las habilidades de Iara para abrir puertas, llegaron al interior de la casa con una facilidad extrema. Como el garaje dejaba espacio para otro auto, pudieron estacionar dentro. Ella miró el nuevo automóvil que los esperaba y le pareció magnífico.

—¡Tiene matrícula de Nueva York!

—Ah, sí. La empresa en la que trabaja mi amigo lo trasla-da de un lado a otro. Recuerdo que me dijo que su lugar de resi-dencia anterior era alguna localidad de Long Island, en Nueva

York. ¿Te parece bueno que tenga matrícula de ese estado? ¿No nos hace más identificables?

—Al contrario. Si nos alejamos de Colorado, *lugar del incidente...* cualquier automóvil con matrícula de aquí será más sospechoso que uno de Nueva York.

—Tienes toda la razón. Y mientras más nos acerquemos a Nueva York, menos sospechoso.

—Correcto, aunque no es en esa dirección por donde deberemos ir.

—Tú sabrás, pero después pensaremos en eso, Iara. Aquí podremos relajarnos –dijo él, insinuante.

—Ni lo sueñes. Cuatro fallos simultáneos de los aviones a lo largo de cuatro zonas contiguas deben de haberle dado muchas pistas a Robb. Sólo tenemos tiempo para bañarnos, cambiarnos y dejar fuera de combate a cualquier avión que ande por allí antes de que salgamos conduciendo, cada uno un auto...

—¿Para qué? ¿No basta con dejar el coche en el que llegamos hasta aquí en este garaje?

—¿Y entregarles la pista precisa para que sepan en qué nuevo automóvil andamos?

—Mi amigo tardará semanas en regresar...

—Puede ser, pero si Robb no es idiota, y ya sé que no lo es, todas las casas de esta área serán registradas minuciosamente muy pronto. Ese automóvil debemos abandonarlo a una distancia prudente de aquí.

—¿Te parece? ¿No hay un poco de paranoia de tu parte?

—No, «Larry». Atrapar un extraterrestre vivo es un anhelo muy codiciado por los centros de poder de toda civilización primitiva. La ambición de un mayor conocimiento y poderío tecnológico es una motivación irrefrenable.

Capítulo 12

La nieta
de Owen

Un subalterno de Robb estaba al habla desde otra sección de aquel centro subterráneo.

—Owen no colabora, señor Robb. No podemos todavía operar el generador número dos.

—¡DEMONIOS! ¿LE REVENTARON EL HOCICO?

—Sí.

—¿Y?

—Nada. ¿Quiere que lo sometamos al tratamiento «huevos revueltos»?

—NO, SE NOS PUEDE IR AL INFIERNO ESE ANCIANO PODRIDO... ¡MARCIANA SARNOSA! SI HUBIÉRAMOS CONTADO CON SÓLO UNA SEMANA MÁS, TODO HABRÍA SALIDO PERFECTO. AHORA TENEMOS QUE ESTAR IMPROVISANDO, IGUAL QUE LOS IMBÉCILES... Y ESE HIJO DE PERRA VIEJO QUE NO COLABORA... APLIQUEN EL PLAN «FAMILIA».

—Muy bien. Sacaremos a la nieta de Owen de Londres y estará con rumbo a Arizona dentro de unos minutos, señor Robb.

—¡VIEJO MARICA! ESO NOS RETRASARÁ ALGUNAS HORAS EL PROYECTO. PRONTO LOS GUSANOS DE LOS GOBIERNOS DEL MUNDO QUERRÁN REVENTARNOS, PERO NO ANTES DE VARIAS HORAS, Y PARA ENTONCES ESTARÁ ESA ENANA INGLESA AQUÍ Y CONVENCEREMOS AL ANCIANO Y LANZAREMOS INMEDIATAMENTE EL ATAQUE. ¿QUÉ EDAD TIENE LA MARRANA ESA?

—Doce años, señor.

—PERFECTO. Y CUANDO LA MOMIA VEA QUE USTEDES LE BAJAN LOS CALZONES, O HABLA O HABLA... O MANDAMOS TODO ESTE MUNDO AL INFIERNO OPERANDO COMO PODEMOS ESE GENERADOR.

—Pero mejor si antes de eso encontramos a la marciana, jefe; si no habla el viejo, ella lo hará.

—¡SIGAN BUSCÁNDOLA ENTONCES!

Capítulo 13

La fuga

Mientras los teléfonos de los más altos funcionarios y dignatarios de los países de la OTAN sonaban febriles y se organizaban improvisadas reuniones de emergencia, en medio de rumores de una conspiración mundial y un ataque extraterrestre, Greg, con documentos como Larry, sin bigotes y con gafas, e Iara, vestida como un muchacho llamado David, se preparaban para salir subrepticiamente del garaje conduciendo dos automóviles. Él iría delante en el de la casa de la piscina; ella atrás, a una buena distancia, en el del amigo de su protector terrestre.

—Suerte que encontramos los documentos de propiedad del automóvil de mi amigo, Iara; eso facilitará las cosas.

—De acuerdo, pero de ahora en adelante mi nombre es David, SIEMPRE, y el tuyo, Larry.

—Muy bien, David. ¿Qué ruta quieres tomar? ¿Hacia dónde deseas ir?

—Yo debo ir hacia Arizona.

—Ruta 70 hacia el oeste —aclaró Greg.

—Pero eso es justamente lo que nuestro amigo Ro... de ahora en adelante llamado «P», por «porquería», espera que yo haga. Él podría deducir que tengo que llegar a Arizona, pero eso es justamente lo que no haré, o no por donde él pensaría. ¿Qué otras rutas principales salen desde Denver?

—Ruta 70 hacia el este, conduce a Nebraska, Iowa, y al fin Chicago, buen lugar para perderse... y está en el camino hacia Nueva York.

—Muy obvio, y nos lleva al lado opuesto de Arizona. ¿Qué otra ruta?

—Ruta 25 norte, hacia Wyoming, soledades...

—Tampoco conviene llamar mucho la atención. ¿Qué más?

—Ruta 25 sur, hacia Santa Fe y México, o hacia Arizona si nos desviamos hacia el oeste en Albuquerque, pero a una hora de aquí nos encontraremos con Fort Carson.

—¡Fort Carson! Ésa es la base de los helicópteros que nos seguían...

—¿Cómo lo sabes?

—Lo sé... Y por eso mismo es la ruta que «P» menos consideraría que vamos a elegir, así que tomaremos justamente ésa, la 25 sur, mientras todas sus baterías estarán apuntando a la ruta hacia Arizona, y en segundo lugar a la que conduce hacia Chicago.

—Y por la 25 sur se puede llegar a Arizona. Creo que elegiste bien: 25 sur, pero ya sabes: Fort Carson...

—Debemos arriesgarnos. «P» debe guiarse por la lógica en primer lugar, y la lógica apunta hacia Arizona por la 70 oeste, y en segundo lugar hacia Chicago. En tercer lugar hacia las soledades, y en último lugar hacia la boca del lobo. Vamos allá. Entra en ese coche y apenas puedas lo dejas por ahí, te subes a éste y sigues conduciéndolo, porque yo no tengo licencia de conducir, tío Larry.

Otro avión fue despachado de vuelta a su base antes de que salieran de la casa.

—¡NUEVAMENTE LA ZONA J-18... YO SABÍA QUE ESOS HIJOS DE PERRA ESTABAN POR ALLÍ... Y AHORA TRATAN DE LLEGAR A... ALGUNA RUTA INTERESTATAL!

Ordenó registrar todo vehículo que se moviese dentro de la zona J-18, y vigilar en forma especial los accesos a las rutas nacionales más cercanos a esa área, preferentemente las entradas a la ruta 70 en dirección hacia Utah-Arizona, y en segundo lugar hacia Nebraska-Chicago, pero sin descuidar ningún acceso a cualquier ruta, nacional o no.

Greg comenzó a escuchar demasiadas sirenas a la distancia y comprendió que tendría que abandonar ahí mismo aquel vehículo, a no más de diez manzanas de la casa de su amigo.

Estacionó donde primero pudo, de forma que no resultase sospechoso, apagó el motor y las luces, cerró todo y se subió al auto en el que venía Iara.

—Anda a dormir atrás, sobrino —le recomendó. Ella pasó al asiento posterior y se tendió fingiendo dormir, de acuerdo con un plan previo.

Greg tomó el volante y arrancó. Un poco más allá, una patrulla que venía en sentido contrario le ordenó detenerse. Así lo hizo.

—¡Su licencia y los papeles del automóvil, por favor!

A ambos se les apretó el estómago.

—Claro, agente, aquí están.

Lo primero que éste hizo fue cotejar que el rostro en el documento correspondiese al del chófer. Le alumbró la cara con la linterna mientras Greg disimuladamente tomaba la manilla interior de la puerta y con la otra mano acariciaba el seguro de su cinturón. En caso de problemas intentaría derribar al policía con la puerta, arrebatarle el arma si fuese posible y...

Le devolvieron la documentación. Respiró aliviado. El uniformado alumbró hacia el interior del vehículo.

—¿Quién está ahí atrás?

—Ése es David, mi sobrino.

—Dígale que despierte y que mire hacia acá.

—Claro. Hey, David, despierta.

El policía vio a un muchacho soñoliento y no le prestó mayor atención.

—Abra el maletero.

Greg tiró de la palanca junto al suelo y la tapa posterior se abrió. El policía sólo vio dos maletas y unos víveres. Cerró.

—¿Para dónde van?

—De regreso a casa, a Nueva York —mintió.

—¿De dónde vienen?

—Del rancho de mi hermano.

—¿Dónde es eso?

—En California.

El policía silbó sorprendido y dijo:

—¡De costa a costa! Van a necesitar un lápiz...

—¿Un lápiz?... ¿Para qué?

—Para marcarse de nuevo la raya del trasero, porque de tanto ir sentados se les va a borrar. ¡Ja, ja, ja, ja!

Greg e Iara forzaron una risita.

El agente vio que otro vehículo se acercaba demasiado rápido y le ordenó detenerse.

—Pueden seguir. Feliz regreso a casa.

—Gracias.

—Si los detienen más adelante, dígales que el sargento Connors ya los revisó, pero no sé si eso les evitará una nueva revisión. ¡Suerte!

No quiso decir gracias otra vez, para no parecer demasiado alegre por haberse liberado.

Cerró la ventanilla y arrancó. Más allá miró a Iara con ojos desmesurados, como diciendo «de buena nos salvamos». Ella le estaba mirando igual.

—Parece que buscan a algún malhechor, David.

—Es cierto, tío Larry. Ojalá no sigan molestando, porque tengo sueño.

Un poco más adelante, otra patrulla les ordenó detenerse nuevamente. A sudar frío otra vez.

—¡Licencia de conducir y documentos del coche!

—Aquí están, pero me acaban de revisar. Me dijo que le dijera que era el sargento Connors.

—Siga adelante —dijo el policía, devolviéndole los documentos.

—Gracias.

Cuando iba a arrancar, escuchó que le decía:

—¡Espere!

Le saltó el corazón.

—¿Sí?

—¿Quién está atrás?

—Muestra tu carita otra vez, David.

Nuevamente Iara mostró un rostro soñoliento.

—Puede seguir.

—Y si me vuelven a parar, ¿quién digo que me revisó ahora?

—El oficial Fumicino.

—*Okey*.

Arrancó poniendo cara de estar perdiendo la paciencia. Hablaban en voz alta, como si fuesen inocentes viajeros, por si de alguna forma les estaban escuchando la conversación.

—¡NO DEJAN VIVIR EN PAZ! —protestó molesto «David».

—¡MALDITOS «GORRAS»! DEBERÍAN CONSEGUIRSE UN EMPLEO DE VERDAD —exclamó «Larry».

—SEGURO QUE HAN ROBADO UN BANCO —expresó Iara.

—SEGURO, DAVID.

Al doblar en una esquina arrojó en una boca de alcantarilla las llaves del automóvil anterior, mientras decía:

—TIENEN QUE ANDAR DETRÁS DE ALGO MUY GORDO... DETENERNOS DOS VECES...

Por el espejo vio que las llaves quedaron atrapadas en las ranuras del desagüe, sin alcanzar a caer en su interior. Echó una maldición mental, pero no le dijo nada a Iara para no preocuparla inútilmente. No había nada que hacer en ese sentido.

En el ingreso a la ruta interestatal 25 sur había varios vehículos detenidos. Estaban siendo investigados por personal del ejército esta vez. Pero enfrente, en el acceso hacia el norte, que llevaba hacia la ruta 70, había un enjambre de unidades de la policía y fuerzas armadas. La cola de vehículos detenidos era muchísimo más larga y lenta.

—TENÍAS RAZÓN, DAVID... CON RESPECTO AL «PARTIDO DE BÉISBOL»...

Iara supo que la felicitaba por la exactitud de sus deducciones con respecto a lo que «P» iba a decidir, pero no quiso decir nada, ya que ambos estaban intranquilos.

Iban avanzando lentamente, en espera de su turno de ser investigados.

—QUÉ DEMONIOS HABRÁ PASADO QUE DETIENEN EL TRÁFICO...

—NO SÉ NI ME IMPORTA. LO ÚNICO QUE QUIERO ES QUE ME DEJEN DORMIR EN PAZ, TÍO LARRY.

—QUE NO MOLESTEN A LA GENTE DECENTE DE ESTE PAÍS, QUE DEBE PAGAR IMPUESTOS PARA QUE ELLOS VIVAN, PERO NO PARA QUE NOS AMARGUEN LA EXISTENCIA.

Cuando les iba a llegar el turno, Iara vio que Greg estaba más nervioso de lo conveniente, y se le ocurrió una forma de aliviarle la tensión.

—Tío Larry.

—¿Sí?

—Cuando tenías dieciséis años... ¿te masturbabas?

—¡¿Qué!?

—Dale, dime la verdad —reía—, ¿te masturbabas?

Él no pudo evitar reír.

—¡Documentos!

—Aquí están, y ésta es la tercera vez, antes fueron...

—¿En qué pensabas cuando te masturbabas, tío? —lo dijo en voz alta y a propósito, para que el militar escuchase. Éste esbozó una sonrisa.

Iara se dejaba ver perfectamente ahora, sentada en la parte central del asiento posterior, cruzando los brazos sobre el respaldo de los asientos delanteros, como un muchacho, como si el militar no existiese.

—¿Tiene usted algún sobrino como éste, oficial? Si no lo tiene lo felicito.

—Sobrino no, pero tengo una hija que se las trae. ¿Me permite mirar el maletero?

—Por supuesto —volvió a tirar de la palanca del suelo.

—Yo pienso que estoy haciendo el amor con dos mujeres al mismo tiempo, tío.

Greg aflojó su tensión y rió a toda mandíbula, más para aprovechar la ocasión de mostrar que estaban perfectamente tranquilos que por la ocurrencia de Iara.

—Le voy a contar esa historia a tu mamá, a ver qué opina... —dijo después.

—¡Chivato!

—¿Hacia dónde se dirigen?

—De regreso a casa, a Nueva York.

—¡Éste no es el camino a Nueva York!...

—Ya lo sé, pero queremos irnos por el Golfo y conocer Nueva Orleans y luego Miami, y después a casa.

—Ah... Qué suerte que pueden hacerlo. Yo también soy de Nueva York —dijo el hombre de uniforme, exhibiendo una sonrisa amistosa.

—Oh, ¿de verdad?...

«Y ahora va a comenzar a preguntarme detalles, y yo jamás en mi vida he estado en Nueva York» —pensó con angustia Greg—. «Ya lo veo venir: '¿De qué lugar de Nueva York?', y yo le diré: 'De Long Island', y él gritará feliz: '¡YO TAMBIÉN!', y si me pregunta: '¿De qué lugar de Long Island?', estamos muertos».

—¿De qué lugar de Nueva York?

«Piensa mal y acertarás. Ley de Murphy», pensó Greg.

—De Long Island...

—¡De Long Island! Mi mujer es de Long Island, de Wantagh.

—Oh... qué bien... Yo soy de por ahí cerca —mintió descaradamente.

—¿En serio? ¿De qué lugar?

—De... Lincoln —inventó, pensando que en todas partes hay algo que se llama Lincoln.

—¿Lincoln?... ¿Lincoln?.. ¿Eso está hacia Bay Shore? Los papeles de este auto dicen Bay Shore...

Se maldijo por no haber prestado atención a los papeles del automóvil de su amigo, y decidió arriesgar, igual que en el póker, sólo que aquí se jugaba la vida, pero no tenía ninguna otra alternativa.

—Allí vivía antes. Lincoln está más allá —dijo, por decir algo.

—¿Más hacia el norte?

«Maldición»

—Claro.

—Ah, yo sólo he llegado hasta Great River.

«*Fiu*»

—Ah, lo siento. Más allá de Great River comienza realmente la diversión –dijo, sabiendo que lo arriesgaba todo, porque el hombre podría perfectamente decir: «PERO SI MÁS ALLÁ DE GREAT RIVER NO HAY NADA»...

Por fortuna no fue así.

—Lo tendré muy en cuenta. Gracias. Aquí tiene sus documentos. Buen viaje.

Cuando iban arrancando, Iara abrió su ventanilla y le preguntó al militar desde la distancia:

—¿Y TÚ EN QUÉ PENSABAS CUANDO LO HACÍAS ALLÁ EN NUEVA YORK?

El hombre sonrió con toda su dentadura y le hizo un gesto con las dos manos, como dibujando las curvas de una mujer.

Camino hacia el sur iban tensos y en silencio pensando en que todavía faltaba lo peor: Fort Carson.

El momento llegó, inevitablemente. Al acercarse a la base militar el caudal de vehículos comenzó a avanzar de forma lenta, señal de que más adelante estaban revisando, por supuesto.

—¡MALDICIÓN, OTRA VEZ! —exclamó Greg, simulando ser un inocente viajero molesto.

—Y SERÍA LA CUARTA, TÍO LARRY. ¡QUÉ GANAS DE DORMIR!

—Pero mejor que no. Ven, siéntate a mi lado, David, para mostrarnos más abiertamente y que no nos molesten igual que antes. Es mejor que no vean un bulto sospechoso en el asiento de atrás.

Fue una intuición certera, porque más adelante no estaban deteniendo del todo a los automóviles, sólo a aquellos que llevaban parejas en su interior o bultos sospechosos en el asiento trasero.

Un militar a cada lado de la pista les alumbró la cara con una linterna, y un tercero les ordenó avanzar rápido.

—¡Vamos, muévanse, sigan, sigan!

Se sintieron más aliviados, pero no del todo porque la ruta continuó paralela a los terrenos de la base Fort Carson durante un buen trecho, y de cuando en cuando veían vehículos militares estacionados a un costado.

Sabían perfectamente bien que cualquier cosa que dijesen podría estar siendo registrada por el ejército, y sólo hablaron nimiedades, hasta que por fin Fort Carson quedó atrás. De allí en adelante, algo más tranquilos, permanecieron en silencio escuchando la radio. Todavía no se hablaba de ellos.

Horas después, en las cercanías de la ciudad de Albuquerque, estado de Nuevo México, se desviaron hacia el oeste.

Cuando asomaban las primeras claridades del alba, dejaron atrás la frontera de Nuevo México e ingresaron en el estado de Arizona por la ruta 40 oeste. Ninguna patrulla volvió a aparecer.

Se encontraban en un estado ya más lejos de Colorado y estaban en otra historia. La peor parte de la pesadilla había quedado atrás, muy atrás. Pero Iara había previsto todas las posibilidades, incluso la remota eventualidad de que en alguna de esas revisiones le hubiesen puesto un micrófono en el maletero a cada automóvil revisado, y el plan era continuar hablando como si fuesen tío y sobrino hasta el fin.

Se miraron contentos y Greg comenzó a tararear:

—«Arizona, Arizona, here I am» («aquí estoy», parafraseando erróneamente la letra del tema Kansas City).

—«Here i go» («aquí voy») –corrigió ella.

Comenzaron a jugar como si discutieran:

—Aquí estoy.

—Aquí voy.

—¡Aquí estoy! Ninguna ext... Ningún muchachito de otro «tiempo» puede conocer mejor que yo una melodía de mi época.

—¿De tu época? Todavía faltaba mucho para que nacieras cuando Leiber y Stoller compusieron ese tema.

Él la miró sorprendido, y sintió un poco de envidia.

—Conque eres un mocoso sabelotodo, ¿ah?

—No, pero al lado de otros...

—¿Sabes qué? Más adelante te voy a dar una zurra... —La miró con malicia en los ojos.

Ella captó la intención y dijo:

—Me muero de ganas de ver eso...

Ideas no convenientes para la ocasión comenzaron a rondar a ambos, y decidieron pensar en otra cosa.

Más adelante, Greg preguntó:

—¿Tienes hambre, David?

—Sí, tío.

—Yo también. ¿Quieres que paremos en alguna cafetería y tomemos un desayuno?

Ella se alarmó.

—No, tío, detesto esas cafeterías de carretera.

—¿Por qué?

—Siempre tienen la *televisión* encendida... a todo volumen.

—Tienes razón —dijo él, comprendiendo que su foto podría aparecer en los noticieros. En la radio no escucharon nada al respecto, pero en cualquier momento podría producirse la noticia, y era mejor no andar mostrándose por ahí innecesariamente.

—Entonces nos detendremos en alguna área de picnic. Allí disfrutaremos de este bonito paisaje campestre y sacaremos algo del maletero para comer.

Encontraron un lugar público de descanso. Cuando comprobaron que no había otros autos allí, entraron.

Extrajeron jugos y prepararon sándwiches. Decidieron alejarse del automóvil para consumir esos alimentos y conversar más en confianza.

Tío Larry observó con horror que su sobrino caminaba con un hermoso balanceo de caderas, pero que aquello no resultaba nada varonil.

Lejos del automóvil, le dijo:

—¡No puedes caminar así!

—¿Así cómo?

—Pareces un muchacho marica...

—Oh... ¿sí?

—Lamentablemente, sí. En tu manera de hablar no se nota que eres mujer, pero en tus movimientos sí.

—¿Y cómo debo caminar entonces?

—Como un chico, con pasos más largos y decididos.

Ella procuró caminar más varonilmente, pero él consideró que aquello ni era varonil ni natural.

—¿Cómo entonces?

—Procura que tu centro de gravedad esté en tus pies, y no en tu pelvis.

—¿Así?

—No, así pareces un robot.

«*Lo hace todo bien —pensó Greg—, excepto caminar varonilmente... ¿Y para qué quiero que sea varonil? Debo de estar loco... Y es tan linda*»...

—Ven aquí y dame un beso.

—¿Estás mal de la cabeza, tío Larry? ¿Quieres que nos metan presos por inmorales, y a ti por corruptor de menores?

—Nadie anda por aquí.

—Eso nunca se sabe, tío, nunca se sabe.

—Tienes razón, David. Ven, sentémonos en este tronco y conversemos. –Ella obedeció.

—Me parece que tenemos que cambiar el plan –le dijo en voz baja.

—¿Por qué?

—Por tu forma de caminar. Eso va a llamar demasiado la atención. Creo que deberías vestirte de mujer.

—¡De mujer! Eso nos pondrá en la lista de los sospechosos.

—Pero tu forma de caminar puede llamar más la atención. Si entramos en un motel y te ven caminar así, no se tragarán que eres mi sobrino, sino un chico homosexual, y yo un degenerado corruptor de menores, y pueden llamar a la policía...

Ella comprendió que Greg tenía razón.

—¿Y qué hacemos entonces... que no sea tener que entrar en otra tienda?...

—¿Por qué no? Hoy es domingo... –dijo él.

—Porque habría que cortar la electricidad, igual que antes, por las alarmas, y si yo fuera «P», ya habría ordenado prestar atención a los cortes de electricidad extraños en cualquier lugar...

—¡Demonios! Es verdad, siempre te me adelantas...

—Entrenamiento.

La miró con un gran respeto, casi con temor.

—¿Y sabes artes marciales y todo eso?

—Claro. Intenta darme un golpe.

—No, gracias, te creo. ¿A qué viniste a este mundo?

—A ayudar a mi padre.

—¡A tu padre! ¿Eso quiere decir que no eres el único ser extraterrestre aquí en este planeta?

—Mi padre nació en este planeta. Él no sabe que su alma proviene de mi mundo, no recuerda nada.

Greg, por supuesto, no comprendió una sola palabra.

—Muy lógico...

—Trataré de resumirte la historia. Yo no vengo simplemente de otro mundo, sino además de otras coordenadas espacio-temporales. Provengo de otra dimensión, de otro tiempo.

—De otro tiempo... Clarísimo.

—Eso es algo que no puedes comprender. Sólo acepta mi palabra. Mi padre decidió venir a encarnar a este mundo para ayudar a la evolución científica de esta civilización. Trajo conocimientos muy avanzados a este planeta.

—¿»Encarnar»?... ¿Hablas de reencarnación y esas historias hindúes?

—No exactamente. No es fácil explicarlo, pero intenta aceptar que en un momento decidió suspender su vida en mi mundo para venir a proyectar su alma en un embrión terrestre y nacer como una criatura normal de este planeta.

Greg pensó unos instantes y dijo:

—Está bien. No comprendo mucho pero te creo. ¿Y con qué fin decidió venir a este poco avanzado mundo?

—Con el fin de traer conocimientos superiores a esta humanidad.

—¿Y cómo, si dices que él no recuerda nada?...

—No de forma consciente, pero sí inconscientemente. Nació aquí, en Inglaterra, hace casi ochenta años.

Greg sacó algunas cuentas, silbó y dijo:

—Pero antes de venir te engendró a ti en tu mundo, lo cual quiere decir que tú tienes por lo menos unos cien años de edad... pero representas bastante menos... ¿sabes?

Iara rió.

—No es así. Te dije que vengo de otro tiempo. Para mí la historia es como sigue, y te hablaré en medidas de tiempo equivalentes al tiempo terrestre: mi padre se despidió de nosotros, mi familia, hace unos tres años. Se iba a una misión científica a otro mundo, a éste, y estaría fuera tres años, es decir, más o menos para estos días tendría que estar de regreso a casa. Aquí han pasado ochenta años desde que él llegó, pero allí han transcurrido sólo tres. Es otro tiempo, ya te dije, y yo sé que no puedes comprenderlo, sólo aceptarlo.

—Está bien, algo de ciencia ficción he leído, el tiempo es relativo. Entonces tu padre es un científico terrestre de ochenta años de edad.

—Así es. Se llama Percival Owen, director del centro de investigaciones The Meadow, en Surrey, Inglaterra.

—Bien. ¿Y cómo hará él para regresar a tu familia en las estrellas?

—Él está viejo, su cuerpo terrenal dejará de existir pronto, pero su alma irá directo a su verdadero cuerpo, a su cuerpo en mi mundo, que está en animación suspendida en estos momentos. Cuando su alma ingrese en él, entonces se reanimará y continuará su vida normal con nosotros, y será un hombre joven; además, recordará todo lo que vivió aquí. ¿Comprendes?

—¡RAYOS! Sí.

—Mi padre, es decir, el doctor Owen, vino a dejar a esta humanidad el conocimiento científico necesario para que esta civilización pueda dar un gran salto evolutivo, pero un hombre se interpuso, raptó a mi padre y se apoderó de ese conocimiento, de esa tecnología; y ahora quiere usarla para fines personales, para la obtención de poder. Gracias a esa misma tecnología pudo derribar mi nave espacial.

—¡Rata miserable!...

—Adivina cómo se llama ese hombre.

Greg iba a decir que cómo podía él saberlo, pero de pronto tuvo una idea y se quedó helado.

—No me digas que...

—Sí señor: «P».

—¡Maldición!

— «P» comandando a un grupo de secuaces que fue reclutando de entre malos elementos de diversos organismos de seguridad.

—¿Y cómo pudo reclutarlos?

—Él mismo trabaja para uno de esos organismos desde hace años, la CIA.

—Ah... no podía ser de otra manera.

—Su labor concreta era la de infiltrado en el centro de investigaciones de mi padre. Por eso sabe muchísimo acerca de esa tecnología; además, estudió física en el ITM.

—¡En el Instituto Tecnológico de Massachusetts! Ahí sólo hay lumbreras intelectuales... ¿Y aprobó alguna materia esa bestia?

—Todas las materias durante cinco años, con excelentes calificaciones...

—Parece que no es ningún idiota entonces...

—No, pero tampoco es ningún sabio. Es un producto de este mundo en este tiempo, un hombre «altamente competitivo y eficiente». Mucho en la cabeza, muy poco en el corazón. Aquí hay gran desorientación en muchos terrenos, Greg.

—Seguramente eso es así, o ese tipo de bestias estarían encerradas, y no al mando de un país... de todo este mundo en estos momentos...

—Pero por ahora son así las cosas, y gracias a eso mismo, «P» convenció a ciertos sectores oscuros del gobierno para crear una base secreta que cuenta con un inmenso poder bélico, basado en el conocimiento de mi padre. Luego él se apoderó de esa base y desde allí planea dominar el mundo...

—Ese bicho parece ser capaz de todo... ¿Y cómo puedes tú ayudar a tu padre?

—Yo vine justamente a tratar de advertirle que «P» era un traidor, con la idea de que eso ayudase a desbaratar sus planes y su organización. Pero nosotros cometimos un error.

—¿Ustedes?

—Me refiero a mí y a la gente de mi planeta que trabaja en el Proyecto Elevación.

—¿Proyecto Elevación?

—Perdón. Los mundos más evolucionados que éste colaboran en cierta medida, dentro de determinados parámetros, respetando el libre albedrío de las civilizaciones a las que quieren ayudar, en la evolución de los mundos menos avanzados. A ese plan de ayuda lo llamamos Proyecto Elevación. Dentro de ese Proyecto vino mi padre a servir, y también vine yo a asistirlo, pero cometimos un error. No advertimos que cierto departamento de la Agencia Nacional de Seguridad, manipulado por la organización de «P», trabajaba secretamente, a escondidas del gobierno, en la intercepción y desciframiento de nuestras comunicaciones. Ni sospechábamos que eso estaba sucediendo.

—¿En serio? ¡Entonces «P» es la mente más aguda de este mundo!

—Es muy hábil, Greg. Así se enteró de mi venida y se nos adelantó, instaló un sistema de bloqueo planetario que perturbó los sistemas de mi nave y me hizo aterrizar de la manera que ya viste. Antes de mi caída hizo ingresar mi vehículo espacial en una zona de distorsión temporal que me hizo llegar unas semanas más tarde de lo que yo tenía planificado.

—¿Distorsión temporal?

—Correcto.

—¿Y cómo cuernos sería eso?

—Imagina que viene cayendo un aerolito a la Tierra, lo detectas en la estratosfera y mediante cierta tecnología retrasas su caída haciéndolo pasar a otra dimensión. Allí permanece el tiempo que tú decidas, su energía y masa quedan «en suspensión», y vuelve a esta dimensión y cae a tierra sólo cuando tú lo deseas.

—¡Increíble!

—Pero como «P» todavía no domina bien esa tecnología, sólo pudo retrasarme unas semanas. Él hubiera necesitado más tiempo para preparar bien la farsa de la nave extraterrestre destruyendo las principales bases militares de este mundo...

—¿Iba a destruirlas él mismo?

—Claro, igual como hizo con aquel helicóptero, y entonces, con la falsa victoria sobre los extraterrestres, y con una nave alienígena como trofeo, se hubiera alzado como el único defensor del planeta, obteniendo el poder sin reparos de nadie, en medio de un mundo aterrorizado.

—¡Cuánto ingenio y cuánta perversidad!

—Efectivamente. Pero ahora sólo puede acusar a «los marcianos» del derribamiento de un helicóptero, un miserable helicóptero, aunque esa farsa no será sostenible demasiado tiempo debido a que mi nave ya estaba destrozada cuando eso sucedió, y hubo demasiados testigos. Ahora no podrá quedar como héroe, como salvador mundial, como él hubiera deseado. Ya no tiene más remedio que aparecer abiertamente como terrorista y tirano mundial, lo cual le importa muy poco a fin de cuentas. Lo único que verdaderamente le interesa es el poder.

—¡Rata de cloaca!

—Pero es evidente que todavía no logra dominar a fondo esa energía, o ya nos habríamos enterado de la destrucción de las principales bases bélicas del mundo. No ha conseguido la cooperación de mi padre, y él no los ayudará jamás. Nosotros colaboramos con la inteligencia, no con la estupidez.

Un automóvil llegaba al lugar transportando a un matrimonio, dos niños, un abuelo y un perro, todos los cuales descendieron animadamente.

—Trata de no caminar, «David».

Los recién llegados comenzaron a extraer sombrillas, mesas plegables, sillas, neveras y cocinillas portátiles, es decir, todo un voluminoso equipo de picnic, y toneladas de alimentos.

Iara sonrió desde la distancia.

—Estudié que aquí para algunos «ir a la naturaleza» significa salir a rellenarse de comida, pero no lo había visto en vivo. Es muy gracioso.

—¡Hola, muchachos! –dijo el jovial abuelo saludando con la mano apenas los descubrió, acercándose a ellos con cara amistosa.

—¡Hola! –respondieron con una sonrisa despreocupada, pero muy intranquilos por dentro.

—Linda mañana, ¿no?

—Hermosa.

—Preciosa.

—¿Vienen de Nueva York? –preguntó el abuelo, señalando con el pulgar la matrícula del automóvil.

—Así es, y vamos hacia California.

—¡Casi nada! ¡A todo lo ancho de la nación!

—Este hermoso país merece ser visitado en todos sus rincones –dijo Greg.

—Seguro que sí. ¿Cómo les parece el asunto de los extraterrestres en Colorado?

Ambos se pusieron pálidos.

—¿El... qué?

—¿No lo escucharon en la radio? Dicen que una nave del espacio derribó a un helicóptero de la fuerza aérea. ¡Pamplinas! Si de verdad los extraterrestres quisieran hacernos daño, hace siglos que nos hubieran frito. Un helicóptero... Ja. Seguro que quieren aumentar los impuestos para invertir en más armas.

Iara pensó: «*Definitivamente, un ataque concertado a las bases militares del mundo hubiera tenido mucho mayor impacto y credibilidad en la opinión pública que la caída de un solo helicóptero. Tu barca hace agua, amigo Robb*».

Capítulo 14

Kobe

Un año antes. Kobe, Japón.

—¡Esto es algo muy importante, Isao!

—Más que eso, Takeshi, es algo tras-cen-den-tal. Nada menos que encontrarnos con multitud, con millones de señales, a todas luces inteligentes, procediendo de otros mundos, y desde todas las direcciones del Universo...

—Todo lo cual indica que las teorías del profesor Owen eran acertadas, Isao, es decir, que las civilizaciones utilizan las ondas eléctricas como medio de comunicación sólo por un breve período de su historia, y que luego las reemplazan por lo que hemos llamado «haces de energía Owen».

—Así es. Y lo más paradójico de todo es que con unos pocos instrumentos baratos, casi de juguete, nos hemos adelantado a todo el Proyecto SETI de los Estados Unidos, en el cual invierten miles de millones de dólares en busca de señales de vida inteligente... ¡*Banzai*! –exclamó riendo.

—¡*Banzai*! —respondió Takeshi Watanabe, celebrando con aquel grito de guerra esa pequeña victoria de Japón sobre su ex enemigo, los Estados Unidos.

—Nunca me hubiera imaginado que lo que comenzó en aquel artículo acerca de las investigaciones del profesor Owen, aparecido en esa revista de divulgación científica que leíste, se iba a transformar en esto. Te confieso ahora que no financié tus investigaciones esperando algún resultado, y menos algo tan espectacular.

—¿No te convenció el libro del profesor Owen?

—Te seré sincero, Takeshi: no lo leí, no tengo la formación científica adecuada para comprenderlo.

—¿Y por qué me financiaste entonces?

—Porque me caes bien y tengo mucho dinero —explicó riendo.

—Y para descontar impuestos, ¿verdad?

—Bueno, también eso, pero habiendo mil proyectos de bien público que financiar, si me decidí por ti fue simplemente por amistad, Tak. Pero ahora veo que podemos vender esta tecnología a los americanos y llenarnos de dinero.

—No das jamás una puntada sin hilo, ¿no?

—¿Te molestaría mucho recibir algunas decenas de millones de dólares?

—No, claro que no; pero me siento como si tuviera que vender un hijo.

—La ciencia pertenece a la humanidad, Tak.

—Pero la vamos a vender a buen precio, ¿no?

Isao Marubeni, hijo de uno de los hombres más ricos de Japón y del mundo, rió alegre.

—¿Y por qué no? Además, ¿qué vamos a hacer nosotros con esos millones de señales que no estamos capacitados para descifrar? Ese tipo de investigaciones están en pañales en Japón.

Eso tiene que ir a parar a la Agencia Nacional de Seguridad de los Estados Unidos. En la ANS están los mayores expertos del mundo en criptografía.

—Tienes razón, Isao.

Pocos días más tarde, después de recibir grandes recomendaciones de privacidad de parte de gente de la ANS y la CIA, recibían la visita de dos norteamericanos: Polansky y Robb.

Una vez que éstos se enteraron de los métodos utilizados para captar tales señales y tuvieron los planos y documentos en sus manos, los dos japoneses exigieron el pago acordado.

Dos cadáveres fueron encontrados entre los restos del «accidental incendio» que hizo desaparecer aquel pequeño laboratorio de Kobe.

En un avión de regreso a los Estados Unidos, dos hombres conversaban.

—Pretenciosos los japonesitos, cien millones querían los niños... Ja, ja, ja.

—Hay cada idiota... Esto es demasiado jugoso como para que lo manejen la CIA o la ANS, Polansky —dijo el elegante hombre del aro de oro en la oreja izquierda, cabeza rapada y gruesos bigotes, acariciando un maletín negro.

—Por supuesto, Robb. Eso irá directo hacia nuestros propios investigadores.

Capítulo 15

La opinión
pública en el mundo

Dos medios informativos del planeta entregaban la desconcertante noticia: una nave extraterrestre habría atacado y derribado un helicóptero de la fuerza aérea norteamericana en Colorado, abatiendo al teniente general Babbit y a su tripulación. La nave alienígena había sido destruida después por el ejército. Las filmaciones la mostraban primero en llamas, rodeada por personal de las fuerzas armadas, y después siendo trasladada a una base secreta –que todo el mundo sabía que era el Área 51–. También aparecían los restos del helicóptero caído la noche anterior.

Se daba a conocer que una tripulante extraterrestre había salido ilesa del accidente y que más tarde escapó gracias a la ayuda de un fotógrafo identificado como Gregory James Murdock. Para ayudar a su captura se mostraban varias fotos y filmaciones domésticas en las que él aparecía, encontradas en su cabaña de

Colorado. Se recomendaba a la ciudadanía prestar mucha atención a cualquier pareja desconocida o sospechosa e informar de inmediato a las autoridades.

El presidente anunciaba orgulloso y sonriente a la nación y al mundo que su gobierno estaba en posesión de una novísima tecnología capaz de brindar un poderío bélico jamás antes soñado, y que al lado de eso quedaba obsoleto todo el arsenal militar anterior de los Estados Unidos *y de cualquier país* —acentuó bien esas palabras, y todos entendieron que encerraban una velada amenaza al mundo—. Aclaraba que dicha tecnología estaba en manos de científicos civiles que hasta ese momento habían estado trabajando secretamente bajo supervisión del estado en la creación de un centro estratégico oculto, y que desde allí se abatió a la nave enemiga. Explicó además que por ello en esta emergencia dio instrucciones a las fuerzas armadas y a todos los organismos de seguridad de ponerse bajo las órdenes de tal equipo de científicos, comandados por el «profesor» Michael Jefferson Robb. Siguió diciendo que no había que preocuparse demasiado, porque gracias a ese centro oculto, equipado con tan moderna tecnología, su gobierno podría enfrentarse a cualquier amenaza proveniente del espacio exterior, y allí estaba la prueba, en la nave enemiga caída, y concluyó afirmando que todo el espacio aéreo planetario, hasta más allá de la estratosfera, estaba completamente bloqueado a cualquier intromisión indeseada, y que por lo tanto la población mundial podía estar tranquila.

La noticia tendría que haber provocado el pánico en el mundo, pero no lo hizo porque inmediatamente algunas noticias dieron a conocer otros rumores que estaban circulando, y que a la opinión pública le parecieron más digeribles, por ejemplo, que el helicóptero habría sido derribado por un caza de la fuerza aérea por lo menos una hora después de la caída del objeto anterior, y que la tal nave extraterrestre no podía ser más que un aparato experimental de los Estados Unidos, un señuelo, también derribado por el país, para desviar la atención mundial, con alguna oculta finalidad.

Por otro lado transcendía que el gobierno inglés y la OTAN se encontraban en alerta, en pie de guerra, pero no contra los extraterrestres, sino contra los Estados Unidos...

Ante ese mar de dudas y rumores, pasado el susto inicial, la opinión mundial, guiada por analistas políticos reconocidos, mayoritariamente se inclinó a pensar que el asunto de la nave extraterrestre y los fugitivos no era más que un cuento fraguado por los norteamericanos para desviar la atención acerca del desempleo en aumento en ese país, o tal vez para conseguir que el Congreso aprobase mayores gastos bélicos.

Capítulo 16

En el motel
de la carretera

Cuando el abuelo regresó a reunirse con su familia en aquel lugar de picnic, Greg fue a buscar el coche para acercarlo hasta el tronco en donde se encontraba sentada Iara y después continuar el viaje. No quería que la observasen caminando.

—Se torció un pie –explicó al pasar junto a la familia.

El hombre del matrimonio fue a su automóvil, extrajo un maletín negro y se dirigió hacia Iara seguido por su perro, que parecía tener malas pulgas.

—Soy médico –le expresó a Greg desde la distancia–, iré a ver cómo puedo ayudar a ese chico.

El fotógrafo, desorientado y nervioso, arrepentido de haber dado explicaciones innecesarias, quiso gritarle que NO, pero consideró que eso hubiera sido muy sospechoso, y como de medicina no sabía nada, no pudo dar ninguna excusa. Aceleró para adelantarse al médico. Al llegar junto a ella le susurró:

—Les dije que te habías torcido un pie y resulta que el tipo que viene allí es médico y se ofreció a ayudar. ¿Qué hacemos?

—Nada, déjalo de mi cuenta —expresó, cerrando los ojos mientras se ponía las dos manos en un tobillo.

—Vamos a ver, vamos a ver. ¿Te duele, muchacho?

—Sí, bastante —respondió Iara con cara de estar sufriendo.

—Levántate el pantalón y quítate la zapatilla, por favor.

Ella obedeció. El tobillo aparecía rojo e hinchado. Greg no pudo creer lo que sus ojos estaban viendo.

El perro olisqueó a Iara y le movió la cola; luego comenzó a refregarse contra sus piernas emitiendo sollozos, queriendo lamerle la zona herida. Greg entendía cada vez menos. Quiso separar al perro, y éste le gruñó amenazadoramente.

—Se ve que le gustó este muchacho —explicó el doctor mientras palpaba el tobillo.

—Y que yo no —dijo Greg.

—Eso es lo normal. A él no le gusta nadie que no conozca. Yo mismo hice que me lo entrenaran así. No se puede confiar en cualquier desconocido, ¿no? Es la primera vez que se encariña con alguien a primera vista. Voy a mandarlo de nuevo al entrenador; los perros bonachones no sirven para nada. No es grave, muchacho —dijo, procediendo a untar una pomada en la zona enrojecida. Comenzó a vendarla. Mientras lo hacía contempló los dedos del pie de Iara.

—¡Qué pie más bien formado, muchacho! Ni la menor sombra de callos, de articulaciones deformadas, de heridas, de uñas encarnadas. También tus manos. Cualquiera diría que eres una chica. ¿Qué, no practicas deportes, claval? —preguntó el médico, con cara de albergar ciertas sospechas.

Greg tragó saliva.

—No puedo, sufro de hemofilia —mintió Iara, poniendo rostro de víctima. El fotógrafo pensó que aquella respuesta había sido una jugada magistral.

—Oh, lo siento. Claro, tienes que cuidarte mucho, porque si no, la menor herida, plaf, terrible hemorragia, qué lástima. Entonces vas a tener que ir a un hospital. Albuquerque no está lejos y allí hay uno muy bueno; les recomiendo que regresen. Te darán algo que estimule la coagulación, muchacho, ya que podría haber pequeñas hemorragias internas. Procura no mover para nada ese pie.

—Así lo haremos. Gracias, doctor.

Entre ambos hombres la llevaron hasta el auto. Cuando se iban a despedir dando las gracias, el médico dijo:

—Son veinticinco dólares.

Greg rezongó interiormente. Con razón no le había gustado esa gente. Pagó, se despidieron de todos y continuaron con rumbo al sur mientras el perro se quedaba entre ladrando y lloriqueando. El médico tuvo que sujetarlo e incluso pegarle para que no saliese corriendo detrás del vehículo.

—Fiu, sobrino —exclamó aliviado Greg cuando estuvieron lejos.

—Fiu, tío Larry.

—¿Cómo fue que se te enrojeció el pie?

—Me lo torcí —dijo ella, pero con las manos le indicaba que desde el centro de su frente había irradiado algo hacia su tobillo. Él comprendió que había utilizado su fuerza mental.

—Eres un muchacho muy especial, MUY especial —manifestó Greg complacido, dándole un afectuoso apretón en la mano—. Le gustaste a aquel perrito de malas pulgas, ¿no? —Sus palabras encerraban la demanda de alguna explicación.

—Sí. Lo traté con cariño, y me devolvió lo mismo.

Greg comprendió que allí se encerraba una lección, aplicable también a las demás personas, pero no dijo nada; aquél no sería un arte demasiado fácil de practicar, no se le había enseñado a hacerlo desde niño, sino al contrario. Él había sido programado de nacimiento para sospechar, temer y desconfiar de todo lo desconocido y de todos los desconocidos, y para mostrar las garras rápidamente. Consideró que era seguro que a ella sí le habían enseñado a expresar cariño. Encendió el aparato de radio.

—¿De verdad quieres amargarte la vida? —le preguntó Iara.

—Es bueno saber lo que sucede en el mundo —explicó él, y allí se enteró de que su nombre ya era conocido en todo el planeta. Se sintió mal, cansado y confundido. No quiso saber más y apagó la radio.

—No te preocupes, tú eres otra persona, tienes otra identidad y estás muy diferente —le susurró ella al oído para tranquilizarlo.

Greg dijo:

—Tienes razón, pero debemos dormir. Ahí delante hay un motel. Como tienes ese pie vendado no podrás caminar. Tendré que llevarte en brazos hasta la cama —le cerró un ojo—. ¿Te parece bien?

—Me parece muy bien —respondió Iara con cierto entusiasmo en la mirada.

Greg se bañó primero. Salió envuelto pudorosamente en una toalla. Iara entró en el baño. Él corrió todas las cortinas y la habitación quedó oscura como si fuese de noche. Encendió la lámpara de la mesita de noche y se acomodó desnudo entre las sábanas a esperarla. Le pareció excitante el roce de aquellas suaves y blancas telas con su piel. Estaba impaciente. Vio el control remoto del televisor junto a la lámpara y tuvo el impulso de encender el aparato, pero al imaginar que vería su propio rostro en la pantalla desechó la idea. Algo muchísimo más agradable estaba por ocurrir en su vida, y sólo eso debía ocupar su atención, toda su atención. Tal vez no tuviera más futuro y aquello iba a ser su despedida de este mundo.

No olvidó llevar a la habitación la botella de vino que había comprado en aquella estación de servicio la noche anterior; tampoco un sacacorchos que extrajo de la tienda donde consiguieron nuevas vestimentas. Había llegado el momento de celebrar. Sirvió dos copas y esperó.

Apareció por fin, sonriente, espléndida, envuelta en una toalla, asomando su hermosura como entre los pétalos de una blanca flor. Sin el cabello artificial parecía muchísimo más femenina y bella. Sus labios no necesitaron de ningún lápiz labial para adquirir un incitante color carmín.

Cuando llegó sonriendo junto a él, dejó caer la toalla al suelo mirándole fijamente para observar las reacciones del hombre. Greg sintió una profunda y sofocante impresión ante ese estupendo y dorado cuerpo, de tan exquisitas formas, y tan al alcance de sus anhelantes manos.

—¿Te gusto? –preguntó Iara con coquetería y cierto ardor manifiesto en su entonación.

—Eres espléndida...

—¿Por qué te cubres con esa sábana? –preguntó ella sonriendo.

—Bueno... por pudor.

—Problemas con la sexualidad... Tienes que tener confianza, Greg. ¿Me permites? –preguntó, disponiéndose con ansias a retirar la sábana. Él dejó que ella le destapase, aunque no le fue fácil.

Ella también sintió una grata impresión al constatar que su amado hombre tenía un cuerpo tan fornido, tan varonil; un cuerpo de un tamaño y musculatura tan superiores a los pequeños varones de su mundo... Aunque «aquello» era algo tan preocupante... Pero por otro lado se sintió atraída.

Perdieron la noción del tiempo. No supieron cuándo se quedaron dormidos. Greg abrió los ojos y vio aquel rostro hermoso durmiendo con una sonrisa de satisfacción en los sensuales labios, y la despertó a besos.

Capítulo 17

La captura

Después de realizar la limpieza en varias casas durante el día, la señora Rosita entró a media tarde en aquella en la que sólo debía regar las plantas. El dueño se encontraba de viaje por África y le había dejado ese encargo, también un juego de llaves.

Cuando entró en el garaje, casi sufre un desmayo: el automóvil no estaba. Pensó que con razón la policía y los militares andaban registrando todas las casas, y que el mundo se estaba llenando de ladrones. Segundos después llamaba al 911 para informar el hecho, cosa que no le fue fácil debido a su escaso dominio del idioma inglés.

Robb casi saltó de alegría al escuchar que un automóvil había sido robado durante la noche anterior en la cuadrícula J-18 de Denver. Al revisar la casa encontraron documentación que indicaba el modelo, el color y su número de matrícula. Poco antes se había informado acerca de la aparición, no lejos de allí, del vehículo extraído de la casa de la piscina, pero todo eso no habría sido tan útil para Robb si además no se hubiesen encontrado sus llaves sobre una reja de alcantarilla, a pocos metros de la entrada a la ruta I-25... ¡SUR!

Minutos más tarde todas las fuerzas de seguridad buscaban al vehículo hacia el sur de Denver, a lo largo de la ruta I-25 sur de forma muy especial, y en caminos derivados de ésta, prestando atención predominante en los moteles, según instrucciones y cálculos de Robb. Así fue encontrado en la tarde fuera de una cabaña de un tranquilo motel junto a la ruta 40, en el estado de Arizona, más allá de Albuquerque.

Cuando derribaron simultáneamente la puerta y la ventana de la oscurecida habitación, veinte linternas alumbraron a una inofensiva y asustada pareja que hacía dulcemente el amor, y que ahora se aferraba entre sí con verdadero espanto.

Y veinte armas los apuntaban mientras se vestían, doscientas más esperaban en todos los alrededores del motel.

Uno de los veinte hombres que había dentro de la habitación no pudo ocultar su admiración ante un rostro y un cuerpo tan celestiales, y le dijo entre dientes al compañero que estaba junto a él:

—¿Quién fue el cretino que nos pintó la historia de los horribles hombrecitos verdes?

Minutos después, bien esposados y custodiados, los trasladaban en un helicóptero especial hacia otro lugar de Arizona.

Una botella de vino casi vacía y dos copas a medio llenar se quedaron esperando inútilmente un nuevo brindis en la ahora solitaria y revuelta habitación del motel de la ruta 40 oeste.

Capítulo 18

Los poderes reaccionan

En una múltiple conferencia telefónica se comunicaban entre sí los principales dignatarios de los países de la OTAN y de sus respectivas fuerzas armadas y organismos de seguridad. También participaban importantes miembros del Congreso norteamericano, del Consejo Nacional de Seguridad y del Parlamento inglés.

El presidente de los Estados Unidos no fue invitado porque era el centro de las sospechas, él y Robb.

La decisión fue unánime: entregar el mando del país al vicepresidente mientras se investigaba al presidente, retirar a Robb todas sus prerrogativas y detener a ambos de forma inmediata.

Capítulo 19

En la
Casa Blanca

Al anochecer, la Casa Blanca estaba rodeada por tropas del ejército. A través de los altavoces se daba un ultimátum al presidente:

—ENTRÉGUESE, SEÑOR PRESIDENTE. EL VICEPRESIDENTE ESTÁ AHORA AL MANDO DE LA NACIÓN POR ORDEN DEL CONSEJO DE SEGURIDAD Y CON ACUERDO DE TODOS LOS MIEMBROS DEL CONGRESO QUE HAN PODIDO SER CONSULTADOS. SI NO HACE ABANDONO DE LA CASA BLANCA DENTRO DE CINCO MINUTOS, PROCEDEREMOS A INGRESAR POR LA FUERZA, A BOMBARDEAR SI FUESE NECESARIO.

Pero en lugar del presidente, fue Robb quien respondió desde Arizona, mediante un sistema de micrófonos y altavoces.

—ESCUCHEN, SEÑORES, ESE QUE OCUPA EL SILLÓN PRESIDENCIAL NO ES EL PRESIDENTE, SINO UN DOBLE.

—¡TRAIDOR HIJO DE PERRA! —gritó fuera de sí el presidente, o más bien su doble, mientras extraía una pistola y comenzaba a disparar a todo aquel que se encontrase cerca de él.

Los guardias encargados de su seguridad no supieron qué hacer. Estaban entrenados para proteger al presidente, no para disparar en su contra, pero éste les disparaba a ellos...

Cuando se le terminaron las balas, después de haber dejado a unas cinco personas sangrando en el suelo, fuera de sí emprendió una loca carrera; fue sólo entonces cuando los guardias pudieron echarle mano. Tal vez fuese verdad lo que proclamaban esos altavoces, tal vez no fuese aquél el verdadero presidente, pero estaba fuera de sí y había que detenerlo. Seis hombres le impedían el menor movimiento mientras se encontraba boca abajo en el piso.

El jefe de seguridad se acercó a él pistola en mano.

—Deme la contraseña, presidente.

—La leche está hirviendo —respondió éste.

—Bien. Dígame ahora la fecha de su boda.

Como el doble no la conocía, tampoco un millón de cosas más que le iban a preguntar, le gritó:

—¡LA PUTA QUE TE PARIÓ!

Segundos después estaba esposado y tratado como elemento altamente peligroso.

No fue necesario que las fuerzas militares ingresasen en la Casa Blanca. La situación estaba dominada y el vicepresidente era la nueva autoridad en la nación.

Pero Robb tenía varias cartas debajo de la manga. Se escuchó su voz por los altavoces.

—AL VERDADERO PRESIDENTE LO TENGO BIEN A RESGUARDO. ESE DOBLE QUE ATRAPARON SE LLAMA OLIVER JOHNSON, EX MIEMBRO DE LAS FUERZAS ESPECIALES. ASÍ QUEDÓ DESPUÉS DE UNA... DIGAMOS... ESPECTACULAR OPERACIÓN DE CIRUGÍA ESTÉTICA.

El vicepresidente pidió un micrófono y se dirigió hacia Robb:

—Escuche, Robb, ya sabemos muy bien dónde se encuentra usted en estos momentos. Nuestras fuerzas ocuparán ese lugar dentro de minutos. Es mejor que se entregue pacíficamente.

La serena voz de Robb, amplificada por los altavoces, le heló la sangre a más de uno.

—NI SE ME OCURRE CÓMO PODRÍAN ENTRAR EN ESTE BIEN PROTEGIDO ARSENAL. NI UNA BOMBA ATÓMICA PODRÍA DESTRUIRLO; ADEMÁS, AQUÍ CONTAMOS CON UN AVANZADO SISTEMA ANTIMISILES, Y SI LLEGARAN A ENTRAR POR ALGÚN IMPROBABLE MILAGRO, INMEDIATAMENTE LE DARÍAMOS MUERTE AL PRESIDENTE, AL PROFESOR OWEN Y A CIERTO PERSONAJE QUE EN ESTOS MOMENTOS DESCIENDE AQUÍ DE UN HELICÓPTERO, MUY BIEN ESPOSADA, Y MUY BIEN ACOMPAÑADA POR GREGORY MURDOCK... Y POR OTRO LADO, SEÑORES, USTEDES PARECEN IGNORAR LO PRINCIPAL: EN ESTOS MOMENTOS ESTAMOS PLENAMENTE CAPACITADOS PARA BORRAR DEL MAPA TODAS LAS PRINCIPALES INSTALACIONES MILITARES DEL MUNDO, CASA BLANCA, CONGRESO Y PENTÁGONO INCLUIDOS, ASÍ QUE NO ESTÁN EN CONDICIONES DE EXIGIR NADA, CABALLEROS, SINO DE NEGOCIAR, COMO GENTE CIVILIZADA.

Capítulo 20

El rescate
de la niña

El helicóptero que transportaba a la nieta del doctor Owen era obligado a aterrizar en medio del desierto de Arizona por aviones y helicópteros de la Fuerza Aérea, no lejos de la base del Proyecto Mariposa. El piloto se resistía a obedecer, pero tenía todas las vías de escape flanqueadas por otros helicópteros.

Robb, al tanto de las comunicaciones entre la USAF y su gente, ordenó al piloto:

—¡NO OBEDEZCAS, DUBOIS, NO TE HARÁN NADA!

—SÍ QUE DERRIBAREMOS EL HELICÓPTERO DE FORMA INME-DIATA SI USTED NO ORDENA QUE DESCIENDA AHORA MISMO, ROBB —dijo el general Stemberg por su micrófono.

—ESO ES MENTIRA. NO DERRIBARÁN NADA. ¡HIJO DE PERRA DUBOIS, VEN AQUÍ AHORA MISMO!

El piloto ya no estaba tan seguro de que aquello fuese sólo una amenaza, ni que Robb ahora fuese tan de fiar.

—Lo siento, señor Robb, no tengo vocación de mártir. Procederé a aterrizar.

—¡TE MATARÉ CON MIS PROPIAS MANOOOOOS!

—USTED NO MATARÁ A NADIE, ROBB. TODA ESA BASE VA A SER VOLADA DENTRO DE POCOS MINUTOS —tronó Stemberg.

El helicóptero descendió, su tripulación fue detenida y la niña rescatada.

Capítulo 21

✦ En los calabozos ✦

Iara y Greg no contaron con la misma suerte de la pequeña, porque el helicóptero que los llevaba ingresó en la zona de la base un poco antes de que ésta hubiese sido rodeada por las fuerzas armadas, ahora bajo el mando del vicepresidente de la nación.

A ella la encerraron en un calabozo cuyos barrotes daban a un pasillo. En la celda de enfrente, el doctor Owen desfallecía sentado en el piso. En el calabozo contiguo al de Iara se encontraba Greg.

Ocho guardias bien armados vigilaban a los prisioneros.

La mujer del espacio sintió una gran ternura en su pecho al observar al doctor Owen, porque ese cuerpo estaba animado por el espíritu de su amado padre.

—¡Dorjk! –susurró suavemente mirando hacia él. Un guardia la obligó a callar, pero el doctor Owen sintió un estremecimiento en el alma al escuchar esa palabra, modulada por aquel grato y familiar timbre de voz. Abrió los ojos y se encontró con esa mirada, con esos ojos tan amados desde algún ignorado pliegue de su ser. Iara le sonrió, le envió todo el amor de su corazón, y Owen lo recibió y lo reconoció, pero no desde su mente.

—¿Quién eres? —le preguntó confundido.

—¡Silencio! —volvió a ordenar el guardia, comenzando a perder la paciencia.

En esos momentos sonaron las alarmas que indicaban la inminencia de un ataque aéreo, y llegó por los altavoces la orden de que cada uno ocupase su puesto de emergencia. Los ocho hombres salieron atropelladamente del lugar.

—¿No me recuerdas? —preguntó Iara al doctor Owen mientras con toda suavidad abría su celda, luego la del científico, y se introducía en ella. El anciano se puso de pie para recibirla. Cuando estuvieron frente a frente se estrecharon en un largo abrazo. Greg miraba la escena conmovido.

—¿Por qué siento que te amo tanto, si no te conozco? —preguntó muy turbado el doctor cuando pudo hablar.

Entonces ella puso su mano derecha en la frente del anciano hombre y le dijo:

—Cierra los ojos y presta atención a lo que llegue a tu mente.

Owen así lo hizo, y en sólo un par de minutos pudo recordarlo todo. Después los abrió, volvió a abrazar a su hija y con la voz quebrada de emoción le dijo:

—Yo soy viejo y estaré pronto de regreso a casa, amada hija, pero... ¿y tú?

—Yo trataré de huir, padre, pero tú debes quedarte aquí para intentar evitar que Robb destruya a media humanidad. Puede cometer imprudencias al verse presionado por las fuerzas del gobierno y operar mal ese generador.

—¿Y qué puedo hacer? Yo no voy a ayudarle a destruir el mundo...

—Padre mío, tienes una gran responsabilidad en esto, yo también, todo el equipo del Proyecto Elevación. Pienso que debes quedarte y tratar de distraer a ese hombre para ganar tiempo mientras yo huyo de aquí y las fuerzas del gobierno ocupan este lugar. Y si resultase imposible, entonces tendrás que engañar a Robb y destruir esta base.

Owen se puso pálido; meditó unos instantes. Iara lo abrazó. Al fin dijo:

—Espero no tener que recurrir a eso, hija, pero si no hay más remedio... Debes proceder sin pérdida de tiempo. Huye y lleva contigo al presidente, que está en la celda contigua a ésta.

—¡El presidente! –exclamaron Iara y Greg muy sorprendidos.

—Sí. Fue raptado por Robb.

—Eso no me lo habían informado, padre. ¿Cuándo sucedió?

—Lo ignoro.

Se volvieron a abrazar y la mujer se retiró, cerrando la puerta de la celda de su progenitor. Éste dijo:

—*Mishrash greg.*

—*Mishrash greg* –respondió Iara con una sonrisa emocionada. Luego abrió la puerta de Greg.

—Ven, ayúdame a despertar al presidente.

—Vamos allá.

—Pssst... Despierte, señor presidente.

El primer mandatario no lo hacía; entonces Iara puso su mano en la frente de él, y éste comenzó a abrir los ojos.

—Levántese, presidente, tenemos que huir.

—Eh... Huir... ¿adónde? Ah... me raptaron.

—Póngase de pie, por favor, tenemos poco tiempo.

—Ya, seguro que ustedes son de las Fuerzas Especiales...

—Muy especiales... –le dijo Greg. Iara sonrió, y luego guió a los dos hombres por el pasillo, hacia el fondo. Al llegar al final, bajo un panel cuadrado tras el cual se encontraban fuentes de luz, ella le pidió a Greg que la levantase para que pudiese alcanzar el techo. También el presidente colaboró en ello.

—¿Qué va a hacer? –le preguntó el jefe de la nación al joven. Éste quiso decir que no tenía la menor idea, pero para no alarmarlo le dijo:

—Ella sabe muy bien lo que hace, señor presidente, no se preocupe.

Iara miró hacia el marco metálico de aquel panel. Cuatro hileras de tornillos Phillips le hicieron pensar a Greg que habría que extraerlos uno por uno para sacar el panel.

—¿Alguien tiene un destornillador? –preguntó.

Iara le aclaró la situación:

—No hace falta, esto es una salida camuflada; sólo debo tocar tres tornillos en cierto orden y el panel se abrirá. ¿Cómo era? Trece, cinco, treinta, sí... ¿Desde la izquierda o la derecha?... Bien, aquí voy.

Contó señalando, sin tocar, una sucesión de tornillos; después tocó el número trece. No pasó nada. Enseguida tocó el tornillo número cinco. En esos momentos oyeron el sonido de un tropel de botas que avanzaban hacia aquel pasillo.

—¡Date prisa, ahí vienen!

Ella seguía concentrada contando tornillos. Cuando llegó al veintinueve, les dijo:

—Ahora recen si es que creen en Dios, y si no creen... también –tocó el tornillo número treinta y el panel se abrió. Iara lo sujetó con una mano para que no cayese abruptamente, y después lo deslizó hacia abajo. El panel quedó colgando de unas bisagras que tenía en uno de sus lados. Los hombres ya estaban casi encima.

—Permiso, Greg —dijo ella, procediendo a encaramarse sobre él, pisándole un hombro y la cabeza; luego desapareció dentro del agujero en el techo. Después se asomó, extendiendo las manos hacia abajo.

—Ahora usted, presidente.

Greg le ayudó a subir y el corpulento mandatario también desapareció en el agujero. Cuatro brazos tiraban al fotógrafo hacia arriba desde el techo.

En el momento que entraban los hombres en el pasillo, el panel volvía a quedar herméticamente cerrado.

Robb en persona se hacía presente, detrás de unos uniformados que exclamaron:

—¡Maldición; la marciana y Murdock desaparecieron llevándose al presidente!

El hombre del aro en la oreja no pudo contener su odio:

—¡Hija de mil perras! Esa lagartija asquerosa conoce los gráficos de seguridad de esta base... Traigan los planos inmediatamente!

—Sí, señor. —Salieron corriendo en tropel cuatro hombres.

Robb dirigió todo el odio de su alma hacia el profesor Owen.

—¿Conque te abandonaron a tu suerte, ¿no? ¡Anciano mal parido... Esta vez vas a colaborar o te arranco las uñas una por una!

Le tomó un dedo pulgar amenazando con quebrárselo.

—Está bien, está bien, Robb. No es necesaria la tortura. Haré lo que me piden... Total, soy un viejo y todo me da igual; además, esa gente que apareció aquí no me quiso rescatar... No voy a colaborar con ellos ahora...

Robb se entusiasmó. Con una sonrisa zalamera le preguntó:

—¿Y ya no te importan las vidas de unos cuantos miles de idiotas?

—Serán sólo militares, Robb, y yo soy un pacifista. Mientras más militares mueran, mejor para mí.

Owen sonrió internamente ante la contradicción de sus propias y falsas palabras.

—Así se habla. ¡ESO ES SABIDURÍA! Bien, vamos hacia los controles del generador número dos... ¿Seguro que vas a cooperar, viejo pacifista?

—¡SEGURO, ROBB, Y YA BASTA. VAMOS ALLÁ!

Capítulo 22

Oscuros laberintos

Iara, Greg y el presidente escalaban por unos peldaños de mano. Aquellos túneles estaban relativamente claros porque muchos paneles de iluminación dejaban pasar su luz.

La mujer iba guiando como si tuviese un mapa frente a ella.

—Ahora hacia la derecha hasta el quinto conducto, vamos.

—Perdón, Iara, ¿cómo sabes tanto acerca de esta base secreta?

—Practiqué en una réplica, Greg. Gran parte de mi entrenamiento tuvo que ver con el estudio de estos laberintos. Vamos, ahora escalemos por estos peldaños hasta la tercera abertura.

—¡Te construyeron toda una base!

—Virtual, Greg, una réplica virtual basada en los planos.

Greg comprendió; él mismo había visitado un departamento virtual alguna vez. Con unas gafas conectadas a un ordenador, recorrió todas las dependencias, pero en realidad había estado en un lugar vacío.

El presidente estaba aún mareado y sus facultades se encontraban sólo a un diez por ciento. Sabía que tenía que guardar fuerzas para escalar aquellos peldaños y transitar por esos oscuros conductos; por eso evitaba hablar o pensar.

Por un pasillo que avanzaba en forma horizontal llegaron por fin a una pesada puerta de acero. Iara tocó una serie de cabezas de tornillos, luego tiró de un pomo y la puerta se abrió. Ingresaron en un nuevo pasillo y cerraron la pesada puerta de acero tras de sí. Quedaron en la más absoluta oscuridad. Iara tanteó en una pared y de pronto se hizo la luz.

—Aquí hay linternas; tomen una cada uno. Ahora todo el camino será en línea recta durante unos kilómetros, amigos. Al final encontraremos una escalera de caracol y después de subir por ella apareceremos en pleno desierto de Arizona y bastante lejos de esta base y de todo ser humano. Es mejor que nos demos prisa porque en pocos minutos todas estas instalaciones podrían ser borradas de la faz de la Tierra, y el haz de la explosión se extendería por estos pasillos trayendo consigo los fragmentos metálicos de esa puerta de acero y mil cosas más, así que si no nos damos prisa...

Greg se inquietó.

—¿Estás segura de que podremos llegar a la salida si eso sucede?

—A decir verdad... no. Por eso lo mejor que podemos hacer ahora es comenzar a correr —dijo, queriendo iniciar la carrera, pero Greg la detuvo.

—¡Espera, Iara! ¿Por qué no cortas la electricidad de todo este complejo?

Iara se alarmó. Observó al presidente; éste jadeaba mirando hacia el suelo, poco enterado de aquella conversación. La mujer se puso un dedo índice sobre la boca, haciendo comprender a Greg que había cosas que ni siquiera el mismísimo presidente de los Estados Unidos debía saber acerca de ella. Le habló al oído:

—Porque muy pocas cosas funcionan aquí con electricidad, Greg. Todo está diseñado en función de la energía descubierta por Owen, y esa energía no puedo cortarla. ¡Rápido!

—¿Y... tu pa... el profesor Owen?

—Lo más probable es que él estará hoy de regreso en... el cielo, como ya sabes. Vamos.

Capítulo 23

Owen colabora

Robb no cabía en sí de entusiasmo. Owen había accedido a sentarse frente a los controles del poderosísimo generador número dos por primera vez.

—Son estas treinta y dos bases militares para comenzar, mi estimado doctor Owen, desde los Estados Unidos hasta Australia, pasando por Europa, India, Pakistán y China. Después iremos poniendo fuera de combate al resto. Espero que ahora sí haya introducido bien las coordenadas en el sistema...

—Me aseguraré de nuevo, Robb.

—¡¿Otra vez?! ¡Ya lo hiciste tres veces, viejo mal parido! ¡Sospecho que quieres demorar la operación!

—No, no. Tranquilo, Robb. No podemos correr riesgos. Déjeme ver... ¿Cómo era?

—¡Te estás demorando a propósito, te voy a arrancar las...!

Un subalterno traía una noticia:

—Los planos de seguridad indican que existen ocho túneles de salida, en forma de araña. Todos ellos van a parar al desierto y tienen una longitud de tres kilómetros cada uno. ¿Qué hacemos con respecto a los fugitivos? ¿Mandamos un pelotón por cada conducto? ¿Esperamos en cada una de las salidas?

—¡Cómo los vamos a esperar en las salidas, idiota, si allí fuera está todo el ejército! Espera aquí unos minutos –ordenó Robb–. Después de que el mundo esté en nuestras manos veremos si aún podemos hacer algo para eliminar a esa escoria.

Owen graduó los controles para que la explosión final, si le era imposible evitarla, destruyese sólo aquella base, y no se extendiese más allá, poniendo en peligro la vida de miles de personas inocentes. Esperaba que su amada hija, que en aquellos momentos debería estar corriendo hacia la salida de uno de los túneles, estuviese muy pronto fuera de peligro.

Otro hombre traía una noticia:

—Equipos del ejército se encuentran intentando perforar los muros superiores de esta base con explosiones controladas, señor Robb.

—Ja, ja, qué bueno. Mándales una descarga de potencia cinco con el generador número uno.

—Sí, señor Robb.

Owen se estremeció:

—¡Con una potencia cinco quedarán pulverizados!

—¡Tú, OCÚPATE DE LO TUYO, Y RÁPIDO!

—¡Pero vendrán más y más!

—No importa. Al destruir el Pentágono y la Casa Blanca, los dejaremos descabezados.

Un leve temblor de tierra le indicó a Owen que todo aquello que se encontrase sobre aquella base acababa de ser desintegrado.

El científico comprendió que no podía retardar más la operación. Robb era capaz de todo.

—Puedes proceder, Owen. ¡Ahora!

—Muy bien... Cuando baje tres palancas, que sólo yo conozco cuáles son y en qué orden, será el caos... en el mundo, quiero decir. Recen, por favor.

—¡A quién carajos le interesa esa mierda religiosa ahora. Baja esas palancas ya de una maldita vez!

—Ya, ya. Pero primero tengo que rezar...

—¡No vas a rezar nada, no hay tiempo!

—Sí que voy a rezar, porque voy a matar a mucha gente y debo pedir perdón de antemano. O rezo o no bajo las palancas.

Owen sabía que iba a contribuir involuntariamente en el fin de la vida de muchos canallas en aquella base, eliminando de raíz un gran foco de maldad para el planeta Tierra, pero eran vidas humanas a fin de cuentas, y no le era fácil proceder. No era una decisión sencilla, pero comprendía que de no hacerlo, Robb se iba a volver loco y miles o millones de personas inocentes podrían morir, y el mundo entero podría quedar en sus perversas manos. Aunque su conciencia iba a quedar en paz debido a lo inevitable de la situación, de todas maneras necesitaba rezar, y no sólo para demorar la operación y darle más tiempo de huir a su hija, a Murdock y al presidente, sino también para tratar de entrar en comunión con el aspecto más sagrado de la vida, y además con aquellas almas que iban a dejar este mundo, y para entregar su propia alma en paz.

Robb quiso arrancarle el pellejo, pero decidió esperar un par de minutos más; faltaba tan poco ya...

Cuando dejó de orar, Owen bajó una palanca, luego otra. Antes de bajar la tercera miró a Robb directo a los ojos y le dijo:

—Creo que para todo el daño que has hecho, no te merecías un final tan dulce.

Robb empalideció. Fue sólo entonces cuando comprendió las verdaderas intenciones de Owen. Se llenó de terror y de furia. Su minucioso empeño de años y años no podía terminar así, en las manos de un odiado anciano, y menos estando tan cerca de la gloriosa culminación de tanto trabajo.

El profesor vio la mirada del demonio en esos ojos de fuego, y sintió algo parecido al espanto.

Cuando el fornido hombre se le abalanzaba encima para intentar tomar su mano y detener su acción, Owen bajó por fin la tercera palanca con el dedo índice derecho.

Robb vio un destello. Eso fue todo.

Capítulo 24

Morir en el desierto

Al llegar desfallecientes a lo alto de la escalera de caracol vieron una compuerta metálica en el techo. Iara les ordenó esconderse en un refugio lateral, y luego bajó una palanca. Cayó aquella tapa y entró mucha arena, que fue descendiendo por los peldaños. Cuando dejó de caer material del desierto, la luz del ocaso, mezclada con el polvo, ingresó por aquella abertura.

—¡Rápido, rápido, subamos por estos escalones de mano!

Cuando los tres estuvieron fuera, vieron un destello en la distancia, después una columna de humo, y por fin oyeron una terrible y bronca explosión.

—¡Corramos, alejémonos de esa salida!

Tras correr unos instantes, sintieron como si un tren se deslizase bajo la tierra con la fuerza y el sonido de mil rocas gigantescas chocando entre sí.

—¡Todos al suelo! –gritó Iara, abrazando a Greg.

Una lengua de fuego surgió por aquella abertura en medio de una explosión ensordecedora.

—¡Cúbranse la cabeza con los brazos! —alcanzó a ordenar ella.

Quedaron cubiertos de tierra, pero ilesos, porque todo lo que salió por aquel agujero quedó reducido a polvo.

Poco después, un hombre y una mujer sentados en las arenas del desierto se acariciaban y besaban mientras contemplaban con emoción la puesta de sol.

El presidente dormía profundamente más allá; necesitaba reposo.

—¿Sabías que en mi mundo no existe algo tan hermoso como una puesta de sol de éstas?

Greg se sorprendió.

—No me digas que mi pobre y triste planeta tiene al menos una sola cosa mejor que el tuyo.

Ella rió.

—¿No te lo dije? Los paisajes de este bello lugar del Universo son muy apreciados en nuestro mundo. ¿Tienes alguna idea de la cantidad de naves, que ustedes llaman ovnis, que vienen aquí solamente para tomar vistas de tantas maravillas?

Nuevamente fue incapaz de controlar su emoción, y le sobrevino una especie de «orgullo planetario» que jamás en la vida había experimentado antes. Además, ella le había tocado su punto más débil: los paisajes, las bellezas naturales, y si él se convirtió en fotógrafo naturalista fue justamente porque nada como las creaciones de la naturaleza eran capaces de conmover su alma de esa forma.

Se abrazaron y besaron. Se miraban y acariciaban embriagados de amor.

Después permanecieron con las manos tomadas y la vista fija en los arreboles del poniente hasta que llegó la noche, trayendo consigo un enjambre de fulgurantes estrellas, espectáculo que sólo en los cielos nocturnos del desierto se puede disfrutar con tal intensidad.

Greg comenzó a sentir un poco de frío mientras pensaba algo que no le cuadraba. Iara vio su rostro preocupado y le preguntó:

—¿Qué sucede?

—El asunto de los tornillos del panel del aire acondicionado y de la puerta de acero. No me cuadra. Te vi abrir una caja fuerte...

Ella comenzó a reír.

—¿De qué te ríes?

—De contenta de que seas tan observador. Todo el asunto de la cuenta de los tornillos fue una parodia mía para —se acercó a su oído— que el presidente no supiera, y luego los organismos de seguridad de este mundo, que la gente de mi planeta puede abrir cerrojos de otra forma. Ahora sólo tú lo sabes.

Greg sonrió.

—Eres casi demasiado lista para mí.

—No. Simplemente seguí las instrucciones de mi entrenamiento en inteligencia.

—Comprendo, mejor así. Y también comprendo que con esta escasa ropa no sobreviviremos al hielo del desierto por la noche. Pero ya me resigné a morir. Hacerlo a tu lado, y cerca de mi presidente, eso será todo un dulce honor. Además no te atraparán viva.

Iara volvió a reír.

—¡Qué dramático! ¿En serio pensabas todo eso?

Él no pudo comprender tanta alegría en ella.

—¿Qué te pasa, Iara? Yo contemplé esa estupenda puesta de sol y ese ocaso, y te besé sabiendo que me estaba despidiendo de este mundo. Ya sea por el frío del desierto, ya sea porque el gobierno nos despellejará vivos. Pero prefiero lo primero para ti. ¿Cómo puedes estar tan contenta ante esta situación final?

—¡Tranquilo, Greg! Ya debe de estar por aparecer alguna nave de mi mundo.

El joven hombre tuvo que reacondicionar toda su mente.

—¿Nave de tu mundo? Dijiste que nuestra atmósfera terrestre estaba bloqueada, que ninguna nave podría ingresar...

—Estaba, Greg, estaba. Ya no. El generador de esa energía ya no existe.

—Oh, claro, soy un tonto. Pero de aquí a que en tu mundo lo sepan...

—Ya lo saben —dijo Iara con una sonrisa serena y una mirada que reflejaba las estrellas.

Greg no comprendía nada.

—¿Cómo pueden saberlo?

—Mi padre les informó.

—¿Tan rápido? ¿De qué me estás hablando?

—Ya te dije que vivimos en tiempos diferentes.

En esos momentos vieron que una estrella se iba haciendo cada vez más grande y que se acercaba hacia ellos.

—Ahí vienen —dijo Iara, mostrando estar contenta, y muy serena al mismo tiempo. Greg sintió que su destino sería peor de lo que había imaginado. Ya no tendría la dicha de morir cerca de ella, que se iría muy lejos para siempre.

—*Mishrash greg* —le dijo con el alma abatida.

Ella le miró muy sorprendida.

—¿Tú sabes lo que significa eso?

—Claro: «Ve en paz».

—¿Y cómo lo sabes?

—Escuché que Owen te lo dijo, y ya me explicaste que *greg* significa «paz». El resto fue deducción.

—¡Eres galáctico!

Pero él no estaba con ánimo. Si ella se iba, se llevaba consigo hasta el consuelo de morir junto a su amada.

—No te vayas, Iara, por favor, no me dejes morir tan abandonado, tan triste.

Ella lo miró con una sonrisa enigmática en los labios.

—Tengo que regresar a mi mundo para continuar trabajando en la ayuda a esta humanidad, Greg; nosotros hemos cometido un grave error, y tendremos que esforzarnos mucho para repararlo.

—¿A qué te refieres?

—Hace tres años allí, inicios del siglo XX aquí, un equipo de estudios socio-espaciales dependiente del Proyecto Elevación pensó que la humanidad de este planeta estaría preparada para recibir esa bendición, esa energía maravillosa, cuando mi padre ya fuese anciano, para estos tiempos, y autorizó su venida, pero se equivocaron. La evolución ha sido mucho más lenta de lo que calcularon, me refiero a la evolución de la conciencia de esta humanidad.

—Entonces también allí cometen más de un error...

—Por supuesto, Greg, cometemos muchos errores a todo nivel, y mil veces mortales, porque no somos dioses sino gente como ustedes, gente tratando de aprender.

—Comprendo.

—Mi labor se complicó de forma imprevista debido a otros errores. Lo único que yo debía y podía hacer era advertir a mi padre acerca de las verdaderas intenciones de Robb, que en paz descanse, y de la necesidad de ocultar definitivamente todo lo relativo a esa energía, nada más, y de una forma muy reservada; pero, como te dije antes, nosotros no sabíamos que aquí se estaban realizando investigaciones acerca de los sistemas de comunicación que utilizamos. Ese nuevo error hizo que los acontecimientos derivaran en lo que has visto: el accidente de mi nave y cientos de muertos en esa base.

—Es lamentable.

—Nosotros sabíamos muy bien que no se puede dar poder sin que haya un cierto crecimiento interno, o si no resulta como poner un revólver en las manos de un niño; pero pensábamos que la naturaleza sola haría lo suyo con el tiempo en este planeta, que la conciencia de la humanidad habría evolucionado lo suficiente, trayendo consigo la voluntad colectiva de construir un buen futuro para todos. Calculábamos que para fines del milenio ya existiría aquí una suerte de conciencia planetaria, y no ha sido así; sólo hay conciencias localistas, es decir, grupos y más grupos, naciones, provincias, grupos étnicos, empresas, grupos sociales o de poder, religiones y hasta cuadros deportivos formados por personas que sólo piensan en los intereses propios o de sus respectivos grupos, y nada más. Y millones de personas andan por ahí sin pensar en otra cosa que en ellas mismas. No existe conciencia planetaria. No se produjo la evolución que habíamos creído que se iba a producir con el paso del tiempo. Cuando regrese a mi mundo, continuaré trabajando dentro del Proyecto Elevación, siempre intentando ayudar en la evolución de este mundo al que he llegado a amar, porque es la cuna de una vida de mi padre, y de la tuya propia.

—¿Volverás a este planeta?

—Volveré... siempre volveré.

—¿Y visitarás mi tumba?

Ella simplemente se sonrió.

La nave estaba muy cerca ya; entonces el joven hombre consideró que todo aquello era muy loable, muy verdadero, muy inteligente y muy necesario; pero por otro lado, él era un simple mortal con sus sentimientos heridos, y no un héroe de la causa de la humanidad. Ante la inminente partida de Iara sintió que allí había una gran y cruel contradicción: le hablaban de amor, y le negaban el amor; le hablaban de un futuro hermoso, pero lo condenaban a muerte.

La luz que descendía del cielo se le antojó un enemigo implacable que le venía a arrebatar todas sus posibilidades de dicha, a condenarle a la soledad del alma y al dolor, pero Iara parecía estar tan complacida...

—Tú tan contenta, y yo me muero de pena —dijo, con el alma desgarrada.

Ella sonrió alegre y le tomó del brazo, como para consolarle. Greg sintió que aquélla era una alegría egoísta, insensible, sádica y cruel, pero sólo hasta que la escuchó decir:

—A menos que quisieras acompañarme...

El alma le volvía al cuerpo, y a la mirada la luz.

—¿Me admitirían... a mí... en tu mundo?

—¡Pues claro, Greg! Allí nos prepararemos para trabajar juntos. Necesitamos gente que pueda orientarnos acerca de cómo son las cosas en este mundo, cómo son vuestros procesos psicológicos y tantas otras cosas...

Sintió como si le estuviesen hablando de subir al cielo, después de haber estado preparado para descender al infierno. No podía sobreponerse. Es mucho más fácil aceptar la desdicha que la dicha.

—¿Estoy soñando acaso?

Ella le dio un beso y a continuación dijo:

—No, no estás soñando, cariño mío. Muy pronto estarás en un mundo en el que todos te amaremos y serás muy popular, casi un héroe. Allí no habrá nada malo para ti por ninguna parte nunca jamás; además, serás un hombre muy alto y atractivo. Pero una advertencia antes, Murdock —dijo ella, ahora mirándole severamente. Era la primera vez que le llamaba por su apellido.

—¿Sí?

—¡Mucho cuidado con andar seduciendo a otras mujeres por allí arriba con tus encantos!

Capítulo 25

Recapitulando

—Ahora la opinión pública se ha dividido en dos bandos con respecto a la nave caída, mi querido Olafson. Para algunos fue un nuevo caso Roswell, y ya comenzaron a presionar al gobierno en busca de información; para otros, no se trató más que de una nave experimental norteamericana, como afirma el gobierno, que todo fue producto de una maniobra del candidato a tirano mundial, Robb. Pero nosotros estamos enterados de aquello que la gente no sabe, es decir, que sí existía efectivamente esa nave extraterrestre, y por eso sabemos que en Groom Lake en estos momentos le investigan hasta el último tornillo, si es que los tiene, y de eso, nada se sabrá, historias de chiflados. En fin. Lo importante es que la base clandestina del Proyecto Mariposa ya no existe, y que quienes la planificaron y financiaron, o están entre rejas, como ese doble del presidente y tantos otros, o tampoco existen ya, como Robb, Polansky y su plana mayor. Pero tampoco el doctor Owen estará más entre nosotros, lamentablemente. Y usted me dice que tiene noticias con respecto a Murdock y a la alienígena. ¿Podría comentarme eso ahora?

—Bien, general. El presidente me confesó en privado, durante la investigación a la que fue sometido por parte de la CIA, que al abrir los ojos en la noche del desierto se encontraba solo, y entonces vio una nave que se alejaba hacia el firmamento, y quedó arrobado con el espectáculo. Es obvio que Murdock y la ET fueron llevados por esa nave.

—Entonces no me gustaría estar en el pellejo de ese pobre hombre.

—Él va a estar MUY bien por allí, Carrington —dijo el director de la CIA con una sonrisa pícara.

—¿Y cómo puede estar seguro de eso? —preguntó el general con curiosidad indisimulada.

—Ya sabemos que ella era muy hermosa, y que fueron encontrados en un motel haciendo el amor.

—Ah, veo que insinúa que existía afecto entre ellos, pero pudo haber sido sólo sexo, un experimento genético de la alienígena tal vez.

—No, Benjamin. El presidente los vio besándose y acariciándose larga y tiernamente frente a la puesta de sol, pero se hizo el dormido, y luego se durmió realmente. Para él saltó a la vista desde el primer momento, desde que escapaban por los conductos del aire acondicionado de la base de Arizona, que había profundos lazos de amor entre ellos dos. Dice que incluso sintió envidia de Murdock.

—Bueno, ya conocemos la debilidad del presidente por las mujeres bonitas...

—En efecto, pero según él, esa relación transparentaba un amor muy elevado. Dice que jamás vio algo así en toda su vida. Se emocionaba mucho al hablarme de eso.

Carrington se acomodó mejor, respiró profundo, y con una mirada y una sonrisa de simpatía dijo:

—Un romance cósmico, almas gemelas de dos mundos... Algo como para una magnífica película de fantasía.

—Sólo que no es fantasía, sino realidad. Hay cosas que no podemos comprender, general, no sin cierta elevación interior.

—Es cierto, Olafson. Y también el hecho que desde aquella nave nos hayan avisado acerca de la ubicación de nuestro primer mandatario para ir a rescatarle, después de que les derribamos una nave, eso tampoco se puede comprender desde nuestro limitado criterio terrestre.

—De acuerdo, y todo ello indica que esa gente no tiene ganas de comernos vivos, tal como usted pensaba, estimado amigo.

—El único peligro para nosotros somos nosotros mismos. Por fortuna, ya nadie tiene información acerca de esa extraordinaria pero al mismo tiempo peligrosa energía que fue descubierta por Owen en The Meadow. Sólo quedan las copias de seguridad que la CIA guardaba, y que usted y yo hemos puesto a buen recaudo.

—Era demasiada maravilla para este mundo.

—Demasiada, y por lo tanto, es un peligro para la humanidad, en lugar de ser una bendición. Por ahora al menos.

—Mientras el mundo continúe siendo como hoy es, seguirá oculta.

Capítulo 26

Hacia las
estrellas

Una magnífica nave, similar a aquella que había caído en Colorado, pero resplandeciente e intacta, se posó suave sobre las arenas frente a ellos. Esta vez Greg no la miró como a una nave enemiga que venía a arrebatarle el amor, sino todo lo contrario, como a una especie de ángel que venía a llevarle hacia el reino de la dicha.

Se deslizó una puerta, descendió una plataforma y por ella bajó caminando tranquilamente un hombre no demasiado alto. Iara corrió contenta hacia él.

—¡*Dork, dork*! –exclamó, y luego se abrazaron afectuosamente.

Greg comprendió que ése era el regreso del profesor Owen y que *dork* significaba «padre». Ya conocía tres palabras de aquel idioma estelar.

Levantó la mano derecha en señal de paz, la extendió hacia el extraterrestre y dijo:

—*Greg*.

—*Greg* —le respondieron sonriendo Iara y su padre, levantando sus manos derechas.

—Usted también puede venir, Gregory —le animó cordialmente a acercarse el hombre de las estrellas en perfecto inglés y con acento británico.

—Encantado, doctor Owen —respondió Greg con una sonrisa, comenzando a caminar hacia la plataforma.

—Puedes llamarme *zono*. Me complace mucho tenerte entre nosotros, Gregory —le dijo el recién llegado cuando Greg estuvo junto a él, dándole un cálido abrazo.

—Muchas gracias, *zono*. Pero ¿y el presidente? —preguntó, mirando hacia el hombre que dormía solitario allí en la arena, casi como un triste mendigo abandonado, cansado, débil y sucio. Sin embargo, era el hombre más poderoso del planeta.

—En este mismo momento llamaremos al ejército norteamericano dándole estas coordenadas para que vengan a rescatarle. No te preocupes —le animó el extraterrestre. Luego miró fijamente a su hija, sonrió y le dijo—: Me complace comunicarte, querida hija, que tienes la marca S5B en tus pupilas.

Iara abrió los ojos desmesuradamente. Su expresión mostró gran alegría.

—¿¡Es cierto eso, padre!?

Greg miró con atención los ojos de la chica, y no distinguió nada especial en ellos.

—Claro, hija, y el color radial indica pocas horas.

—¡Supergaláctico! —exclamó ella muy contenta.

—¿De qué rayos están hablando? —preguntó Greg.

—De que mi querida hija acaba de quedar embarazada, Greg, y todo indica que será un hermoso bebé.

El joven no supo si sentir vergüenza o qué, con el padre de ella allí presente...

—¿Sabes qué significa *zono*, Greg? —preguntó con cierta picardía Iara.

—No.

—Significa «suegro» —explicó riendo alegre.

—Eso es verdad, Greg —dijo con aire jovial el padre de Iara, mirándole con afecto.

Gregory James Murdock sintió por primera vez algo que jamás antes había experimentado en toda su vida, algo así como calor familiar, el cariño de una mujer, su mujer, ¡un hijo! y una especie de segundo, o más bien de único padre.

Un rincón de su corazón que siempre había estado frío y solitario se abrió y se llenó de tibieza.

No pudo ocultar sus lágrimas.

El viajero del espacio tomó de los hombros con gran cariño a cada uno de los jóvenes y se los llevó hacia dentro. La puerta se cerró tras ellos.

El presidente fue despertado por unos resplandores. Le pareció un hermoso espectáculo aquella multicolor e iluminada nave que, como si fuera una joya de la noche del desierto, ascendía hacia las alturas hasta confundirse entre las estrellas, transformándose en un brillante lucero intensamente refulgente y azul.

Índice

Nota del autor 7

Cap. 1 - Recuerdos de alquitrán 9

Cap. 2 - Accidente en el bosque 13

Cap. 3 - Robb 17

Cap. 4 - Encuentro en las sombras 21

Cap. 5 - Londres protesta 51

Cap. 6 - Romance frustrado 59

Cap. 7 - Carrington y Olafson 69

Cap. 8 - Presionando al científico 87

Cap. 9 - Preparando el golpe 91

Cap. 10 - Owen en Camberra 99

Cap. 11 - En el interior de la tienda 111

Cap. 12 - La nieta de Owen 129

Cap. 13 - La fuga 131

Cap. 14 - Kobe 151

Cap. 15 - La opinión pública en el mundo 155

Cap. 16 - En el motel de la carretera 159

Cap. 17 - La captura 165

Cap. 18 - Los poderes reaccionan 167

Cap. 19 - En la Casa Blanca 169

Cap. 20 - El rescate de la niña 173

Cap. 21 - En los calabozos 175

Cap. 22 - Oscuros laberintos 181

Cap. 23 - Owen colabora 185

Cap. 24 - Morir en el desierto 189

Cap. 25 - Recapitulando 197

Cap. 26 - Hacia las estrellas 201